Ich bin leider tot
und kann heute nicht
in die Schule kommen

Sara Ohlsson

Ich bin leider tot und kann heute nicht in die Schule kommen

Aus dem Schwedischen von Birgitta Kicherer

CARLSEN

Die Übersetzung dieses Buches wurde durch Statens kulturråd/
The Swedish Arts Council gefördert.

Für Ida

FSC
www.fsc.org
MIX
Papier aus verantwortungsvollen Quellen
FSC® C014496

Deutsche Erstausgabe
Veröffentlicht im Carlsen Verlag
September 2014

Originalverlag: Gilla Böcker
Originaltitel: »Jag är tyvärr död och kan inte komma till skolan idag«

Lektorat: Gesa Kunter
Umschlagbild: photocase.de/ © sanwen
Umschlaggestaltung: formlabor
Corporate Design Taschenbuch: bell étage
Gesetzt aus der Bembo von Dörlemann Satz, Lemförde
Druck und Bindung: GGP Media GmbH, Pößneck
ISBN 978-3-551-31290-7
Printed in Germany

Er stützt die Ellbogen auf die Knie und vergräbt sein Gesicht in den Händen.
Mein geliebter John, mein schönster, süßester, schlauster, sagenhaftester, superobersexy John. Mein Alles-Gute-das-mit-S-anfängt-John.
»Du bist so jung«, sagt er.
Ich müsste auch etwas sagen oder vielleicht lieber ein bisschen weinen. Mir müsste wenigstens die Luft wegbleiben. Oder ich müsste schreien, das könne er nicht machen, das sei ungerecht, jung sei ich schließlich schon immer gewesen, jetzt könne er nicht nach drei Jahren ankommen und plötzlich einfach sagen: »Hab gehört, du bist siebzehn, haha, ich werd bald einundzwanzig, so geht das ja nicht.«
Aber ich schweige. Bleibe sitzen, als wäre nichts passiert. Denke an alles, was ich ihn fragen wollte, jetzt, nachdem er endlich hier ist – nach seiner neuen Klasse, nach seiner Mutter, nach dem Geschenk für Emma. Jetzt muss ich allein zu Emmas Party.
Mein neuer BH scheuert an den Rippen. Ich bereue, dass ich ihn gekauft hab, möchte ihn mir am liebsten vom Leib reißen und zerschneiden, den albernen Seidenfummel mit der Schere durchlöchern. Denke daran, was ich stattdessen hätte kaufen können. Vier Kilo Fruchtgummi, fünf Flaschen Billigwein, sechzig Packungen Nudeln. Sechzig Packungen! Die würden für drei Monate reichen. DREI MONATE.

»Ich hab dich immer noch gern«, sagt er. »Aber ich kann nicht mehr. Tut mir leid.«
Ich starre auf den Boden, entdecke eine kleine Schramme im Parkett. Vielleicht ist es auch ein Haar. Ein dünner Strich neben seinem Fuß. Eigentlich müsste es ein Haar sein, ich verlier andauernd Haare, überall. Denke an die Einkaufstasche, die draußen im Flur steht, und überlege, wie lange Milch sich hält, bevor sie sauer wird, und ob man Fischstäbchen wohl noch einmal einfrieren kann. Würde es irgendwie komisch wirken, wenn ich jetzt aufstehen, rausgehen und die Sachen auspacken würde? Ich will nicht, dass John mich komisch findet.

Draußen vor dem Fenster ist es dunkel und im Nachbarzimmer haben sie den Fernseher ausgemacht. Ich weine immer noch. Eigentlich müsste das jetzt mal von allein aufhören, weil es unmöglich ist, noch mehr zu weinen, ohne an Flüssigkeitsmangel zu sterben.
»Hey, soll ich ihn erschlagen?«, bietet Emma an.
Ich liege in ihrem Zimmer auf dem Fußboden, gucke an die Decke und presse die Handflächen an den rauen Ikeateppich, spüre, wie das Gewebe auf meiner Haut Muster bildet. Weiß nicht mehr, wie ich hier gelandet bin, weiß nur, dass ich im Flur über die Einkaufstasche gestiegen bin und meine Wohnung verlassen hab. Emma zählt all die gemeinsamen Essen, Ausflüge und Filmabende auf, die wir geplant hatten, und erinnert mich daran, dass wir zu viert im Wochenendhaus ihrer Eltern hatten übernachten und immer zu allen Partys gemeinsam hatten gehen wollen.

»Das sollte doch der ultimative Herbst werden«, sagt sie. »Martin und ich und du und John. Das beste Doppeldate überhaupt. Du und ich und die Brüder.«
Ich drehe den Kopf. Emma sitzt am Schreibtisch und kippelt mit dem Stuhl. Sie hat nackte Beine und trägt einen Minirock, von meinem Blickwinkel aus sehe ich ihren Slip und dass da ein dunkelroter Rand durchgesickert ist. Ich sag aber nichts, will nicht, dass sie mich eklig findet, weil ich das gesehen hab.
Da ruft er an. Bevor ich dazu komme, den Anruf wegzudrücken, reißt Emma das Handy an sich und antwortet Hallo-ja-klar-bei-mir-absolut-bis-dann-Bussi. Wie immer denke ich, lächerlich, dass sie zu meinem Freund Bussi sagt, wo sie sich in Wirklichkeit nie küssen würden. Plötzlich merke ich, was ich gedacht habe, und sage mir, schließlich ist es noch lächerlicher, dass sie zu meinem Exfreund Bussi sagt.
»Er holt dich ab«, sagt sie.
»Hä?«
»Er macht sich Sorgen und er holt dich ab und in fünf Minuten stehst du draußen und wartest.«

Er fragt, ob alles okay sei. Ich sage Ja und fange wieder zu weinen an. Schaue geradeaus durch die Windschutzscheibe, hefte den Blick an Was-auch-immer-Hauptsache-es-ist-nicht-John.
»Tut mir leid«, sagt er.
»Ist das dein Ernst?«, frage ich.
»Ja. Oder nein. Tut mir leid, dass ich dich so traurig gemacht hab. Aber nicht, dass ich Schluss gemacht hab.«

»Warum hast du nichts gesagt?«

»Olivia«, sagt er. »So läuft das nicht.«

Er sieht mich an. Ohne aufzuschauen, weiß ich, dass er versucht meinem Blick zu begegnen. So gut kenne ich ihn. So gut, dass ich weiß, was er tut und was er denkt, ohne ihn auch nur anzusehen. Wie kann es sein, dass er das nicht mehr spürt? Wie kann es sein, dass er nicht mehr weiß, wie sehr wir zusammengehören?

Er hält in meiner Straße an, auf der Seite, wo man nicht parken darf. Und das ist schlimmer als alles andere, weil er nicht einmal länger als eine Minute vor meinem Haus stehen bleiben will.

Ich atme durch die Nase und schließe die Augen, aber die Tränen kommen trotzdem und John sieht das natürlich sofort. Er streckt die Hand aus und legt sie auf meinen Oberarm. Ganz leicht, berührt mich kaum. So wie man jemanden anfasst, den man nur flüchtig kennt. Ich ziehe den Arm weg und steige aus.

»Pass auf dich auf«, sagt er.

Da schlag ich die Autotür heftiger zu, als ich es eigentlich vorhatte. Als er davonfährt, bleibe ich stehen und denke, eigentlich müsste es regnen, Novemberregen wäre viel passender als Augusthitze.

Es war, als ich meinen ersten Ferienjob im Hafenkiosk von Byxelkrok hatte. Emma und ich verkauften Erdbeeren und Dillchips an halb nackte Urlauber. Abends radelten wir an den Strand, Emma kam aus Kalmar und war ein Jahr älter als ich. Ich fand es super, dass sie mit mir abhängen wollte.

»Hast du schon das mit Jenni gehört?«, sagte sie. »Die Jungs füllen sie ab, bis sie fast bewusstlos ist, und dann legen sie sie der Reihe nach flach.«

»Was? John und die?«

»Nein, um Himmels willen, nein, die nicht. Die anderen.«

»Mensch, ist das fies!«

»Übrigens steht er auf dich, also John, meine ich.«

Dann stand sie auf und rannte runter ans Wasser.

»Er hat sich nach dir erkundigt«, rief sie, bevor sie vom Steg sprang.

Und natürlich wollte ich tausend Sachen wissen: was er gefragt hatte, was sie geantwortet hatte, wann er gefragt hatte und was das heißen sollte, er steht auf mich? Aber Emma war schon aufs Floß geklettert, sang laut irgendwelchen Blödsinn und tanzte Shakira-Schritte. Dann tat sie so, als würde sie ausrutschen, und plumpste wieder ins Wasser.

Ich sagte mir, sie jetzt zu fragen, wäre hundertpro uncool, garantiert würde sie mich dann nur für den Rest des Sommers dissen.

Ich öffne den Badezimmerschrank und starre Johns Regal an. Zahnseide und Hautcreme, Deo, Parfüm, Rasiergel und Rasierapparat mit Ersatzklingen, Kondome, Haarwachs. Verfickter Hurenscheißdreck. Ich hebe die Hand und reiße alles in einem Schwung heraus. Der Parfümstöpsel zersplittert am Wasserhahn, worauf sich der John-Duft in der ganzen Wohnung ausbreitet. Ist mir scheißegal, ich knall die Tür zum Bad zu und guck lieber in die Glotze. Nachrichten, Sport und eine Menge total hohles Zeug, stundenlang.
Und allmählich fühle ich mich tatsächlich ein wenig besser.

Ich fing an einem Mittwoch in der Oberstufe im Gymnasium in Kalmar an. Am Tag davor zog ich zu Hause aus. Papa hatte es vergessen und war den ganzen Tag mit dem Boot unterwegs, also erledigten Mini-Felix, Mama und ich den Umzug alleine. Als Mama zurücksetzen wollte, scherte der Anhänger aus und das eine Rücklicht zersplitterte an der Steinmauer, sie fauchte »dieser verdammte Egoist« und fluchte laut über Papa, aber Felix und ich kicherten nur.

Heute war endlich der Tag, heute war der Tag, an dem alles anfangen würde. Wir fuhren durch Byxelkrok, heraus aus der Straße, wo ich mein Leben lang gewohnt hatte. Wir kamen am Fähranleger vorbei und an Gurlis Kiosk, am ICA-Supermarkt, dem Festplatz und all den Orten, die ich schon tausendmal gesehen hatte, die jetzt aber plötzlich wie neu waren. Ich sah die Wohnwagen auf dem Campingplatz und dachte »schön«, sah den Leuchtturm, wo wir immer heimlich geraucht hatten, und als die Sonne sich in der gläsernen Kuppel spiegelte, sah ich ein Feuerwerk. Endlich.

John wartete in Kalmar vor der Wohnung auf uns. Er war so stark und fröhlich, brachte Mama zum Lachen und forderte Felix zum Kräftemessen heraus, was zur Folge hatte, dass sie alles innerhalb einer halben Stunde nach oben befördert hatten. Und ich war stolz und selbstsicher und nichts auf der ganzen Welt konnte mir etwas anhaben.

Zwei Tage später läutete Papa an der Tür und drückte mir einen großen Karton mit Dosen in die Arme.

»Ravioli«, sagte er und sah sich um.

Dann fuhr er wieder nach Hause. John lachte und da lachte ich auch.
Ich fragte, ob er was essen wolle.
»Ravioli«, schlug ich vor und da lachten wir noch mehr.
»Perfekt«, sagte er. »Jetzt ist alles perfekt.«

Schicke eine »Du fehlst mir«-SMS an John. Bekomme keine Antwort.

Ich dusche, rolle Deo in die Achselhöhlen und zieh das T-Shirt an, bevor das Deo trocken ist, obwohl ich weiß, dass die Flecken nie verschwinden werden. Ziehe mir schiefe Kajalstriche um die Augen und habe Mamas »Mach die Schuhe nicht kaputt« im Hinterkopf, als ich in meine Schuhe steige, ohne die Schnürsenkel aufzubinden. Muss nur noch den Taschenrechner holen, dann die Tür aufmachen, rausgehen, abschließen, zum Fahrrad runterrennen und eins-zwei-drei als mein normales tüchtiges Ich in der Schule ankommen. Aber auf dem Rücken des Taschenrechners ist immer noch Johns Gekritzel zu sehen, das eckige Herz und das krakelige »J+O 4-ever«, und ich weiß noch genau, wie es war, als er das schrieb, ich weiß genau, wie er dabei lächelte und dass ich ihn Kindskopf nannte, und er sagte »Muss mich schließlich so ausdrücken, dass die Jungs in deiner Klasse es checken« und »Sehen sie gut aus, sag ehrlich, wer gefällt dir am besten?«. Ich sagte »Die sind mir so was von egal« und er antwortete »Ich weiß« und lachte und zog mich aufs Sofa und ich war glücklich, ich hatte den perfektesten Freund des Universums und war soeben in meine erste eigene Wohnung eingezogen und alles war Sonnenschein und GLÜCK, und jetzt stehe ich hier und glotze diesen verfluchten Taschenrechner an und kriege keine Luft, versuche zu begreifen, dass nichts davon je wieder passieren wird, dass es aus ist, zu spät, vorbei, vorüber, tschüs, adieu, kein Glück mehr.

Simse »Ich bin leider tot und kann heute nicht in die Schule kommen« an Tor und er antwortet, ich hätte wie üblich ein miserables Timing und sei außerdem geschmacklos. Hab keine Kraft mehr, um eine Antwort zu schicken, kann mich nur noch zusammenrollen und das Gesicht an den Sofarücken pressen.

Ich wache davon auf, dass Tor an der Tür läutet.

»Was machst du hier?«

»Tu so, als hätt ich eine Freistunde«, sagt er.

Ich kehre zum Sofa zurück, höre, wie er die Tür hinter sich schließt, sich die Schuhe von den Füßen streift und ins Zimmer kommt.

»Vermutlich wirst du mir das hier irgendwann unter die Nase reiben, aber ich hab mir ehrlich gesagt Sorgen gemacht«, sagt er.

»Tut mir leid.«

»Passt schon. Du siehst echt ziemlich tot aus.«

Dann sagt er nichts mehr. Ich zieh die Beine ein bisschen an, damit er sich aufs Sofa setzen kann. Nach einer Weile macht er den Fernseher an, ohne Ton, und als ich mich umdrehe, läuft da Teleshopping, wo eine lächelnde Tangafrau gerade eine Art Sit-up-Maschine präsentiert. Als an der Maschine zum dritten Mal die Abfolge Trizeps-Bizeps-Bauch-Schenkel blinkt, teile ich mit, dass John Schluss gemacht hat.

»Oh, Scheiße«, sagt Tor und legt mir die Hand auf die Füße, drückt leicht zu und lässt sie liegen.

Er wechselt den Sender, da landen wir mitten in einer Folge von *Friends*. Ohne Ton. Ich weine ein bisschen, als Joey seine Ente umarmt. Tor fragt, ob ich Hunger habe, ich sage, weiß nicht. Da kocht er Nudelfix und schiebt Fleischbällchen in die Mikrowelle. Es schmeckt nach nichts. Dann gucken wir noch eine Weile Fernsehen ohne Ton.

»Das müssen wir dringend wiederholen«, sagt Tor, als er geht.

Emma simst: »Ich denke an dich, du bist die Beste der Welt und du schaffst alles. Vergiss das nicht, Bussi.«
Das ist natürlich gelogen. Ich bin wertlos und schaffe null. Aber trotzdem freue ich mich.

Ich geh zur Schule. Dort ist alles schockierend normal. Tor wartet am überfüllten Fahrradständer. Danijel sitzt auf der Raucherbank und ruft jedem Mädchen, das vorbeigeht, »Hallo, Sexy!« zu. Abbas sitzt daneben und steckt sich die nächste Zigarette an der Glut der vorigen an.

Von den Beulen unten an meinem Spind blättert die Farbe ab. An der Innenseite hängt mein One-and-only; mit funkelnden Augen und schiefem Lächeln strahlt er mir entgegen, jedes Mal, in jeder Pause ist er da und lächelt mir sein »Ich liebe dich« direkt ins Herz.

Im Flur treffen wir Jenni, sie fragt, wie es mir geht. Ich schaue auf den Boden und murmle »gut«.

»Man sieht sich«, sagt sie.

Ich schaue hinter ihr her, sehe, wie sie sich Gloss auf die Lippen schmiert und am Ärmel ihres Pullis zieht, damit die eine Schulter entblößt wird, wie sie die Hand hebt, sich durchs Haar fährt und versucht in all das Schwarze mehr Volumen reinzustrubbeln, als ob die blonden Haarwurzeln dadurch unsichtbar würden. Denke an die Zeit, als wir klein waren: beide mit blonden kurz geschnittenen Schöpfen und einander so ähnlich, dass die Leute uns immer wieder verwechselten. Jedenfalls solange wir den Mund hielten – Jenni hat drei ältere Brüder und wusste alles übers Kindermachen und Trinken. Sie redete schon über oralen Sex und Silikonbrüste, bevor ich überhaupt daran gedacht hatte, ob ich jemals irgendwen küssen wollte.

»Ich kapier nicht, dass wir mal dicke Freundinnen waren«, sage ich zu Tor.

»Wir waren klein, damals waren alle dicke Freunde.«

Jenni war am Tag vor Heiligabend bei mir zu Besuch, wir hatten uns den ganzen Herbst kaum gesehen. Ich hatte in der »Scheune« ein Foto gemacht, das jetzt gerahmt an der Wand hing, auf dem Jenni schwarz geschminkt ist und direkt in die Kamera starrt, im Hintergrund zündet jemand eine Zigarette an und die Flamme zieht sich wie ein gelber Pinselstrich durch die Dunkelheit.
»Voll cool«, sagte sie. »Du solltest den ästhetischen Zweig wählen.«
»Der ästhetische, das ist doch bloß was für Hippies«, sagte ich.
»Wer sagt das?«
»Das wissen doch alle.«
»Und John natürlich«, sagte sie und schnaubte.
Ich zuckte die Schultern und sagte, Fotografieren sei ein Hobby und der ästhetische Zweig führe eh nirgends hin.
»Und was wählst du stattdessen? Naturwissenschaft?«
Ich nickte. Sie schüttelte den Kopf.

Fernsehabend bei Martin. Zwei Folgen *True Blood*. Emma bewirtet uns mit Tee und Toast. Hab keinen Hunger, esse aber trotzdem eine Scheibe Käsetoast. Das Brot ist schon kalt und schmeckt zäh und der Käse schwitzt. Keiner von uns sagt etwas, aber alle drei denken wir an den leeren Platz neben mir auf dem Sofa.

Papa hat eine Postkarte geschickt, eine dieser üblichen Touri-Karten, »Grüße aus Byxelkrok«, mit verschnörkelten Buchstaben über einer Collage aus Fischerbooten, Kalksteinstränden und Windmühlen. »Liebe Olivia«, schreibt er. »Heute scheint die Sonne und wir haben Maränen gefangen. Ein Bussard ist über die Wiesen geflogen. Am Freitag sind wir bei Mattssons zum Essen eingeladen. Mama und Felix vermissen dich. Komm doch bald mal übers Wochenende nach Hause, wenn es dir passt. Mit freundlichen Grüßen von Lars.«
Normalerweise würde es mich wahnsinnig nerven, dass er nicht wie ein normaler Vater einfach anruft oder eine SMS schickt, sondern lauter sinnloses Zeug erzählt und sich nicht einmal selbst Papa nennt. Aber heute tut es einfach gut, zwischen den Zeilen lesen zu dürfen.

Immer wenn wir uns länger nicht gesehen hatten, nahm John mich in die Arme und wirbelte mich im Kreis herum, bis uns schwindelig war. Wie im Film. Dann nahm er mich an der Hand und so liefen wir durch die Gegend, bis ich schwitzige Hände bekam und ihn loslassen musste. Stattdessen legte ich ihm den Arm um die Hüften und er mir seinen um die Schultern, doch dann gerieten wir fast sofort aus dem Takt. Alle anderen Paare, Martin und Emma oder Mama und Papa oder Jenni und jeder beliebige Typ, scheinen immer ganz natürlich zusammenzupassen. Bei uns stimmte es nie ganz. Wie zwei Puzzleteilchen, die nicht zusammengehörten. Und ich fragte mich, ob das nicht etwas Größeres zu bedeuten hatte, ob es nicht eigentlich ein Zeichen dafür war, dass wir nicht wirklich füreinander geschaffen waren.

Doch dann, wenn ich zu John hinaufsah und er meinen Blick erwiderte und lächelte, wenn er die Hand ausstreckte und mir die Haare aus dem Gesicht strich, verschwanden die Zweifel. So funktioniert die Welt nicht, Menschen sind keine Puzzleteile und Liebe handelt von viel mehr Dingen, als im Takt gehen zu können.

»Superzeichnung! Warst schon mal dort, oder?«

Wir haben Mathe. Danijel hat sich umgedreht und zeigt auf eine schwarze Skyline, die ich auf meinen Block gekritzelt hab. Sein Finger verschmiert die Tusche, sein Fingernagel hat einen schwarzen Schmutzrand. Ich weiß nicht einmal, welche Stadt das überhaupt darstellen soll.

»Geht dich einen feuchten Dreck an«, sage ich und reiße den Block weg.

»Oho, heikel, heikel!«

»Hältst du jetzt die Klappe, oder was?«

Ich starre ihn an, erwarte eine typische Danijel-Antwort über PMS und zickige Tussen. Er hat Schlafreste in den Augenwinkeln.

»Na ja, hat mir eben gut gefallen«, sagt er.

Ich klappe den Block zu und gähne, er dreht sich wieder nach vorn.

Tor schenkt mir als spontane Überraschung ein Tagebuch. Es ist echt schön, glänzend weiße Seiten und ein fester roter Leineneinband mit lila Sternenmuster.
»Es tut gut, sich alles von der Seele zu schreiben«, sagt er.
Also versuche ich es. Schreibe mit Filzstift JOHN in Großbuchstaben auf die erste Seite. Dann streiche ich es aus, immer wieder. Kommt mir total sinnlos vor. Reiße die Seite raus. Die schwarze Farbe hat durchgedrückt, also muss ich noch eine Seite rausreißen, und noch eine.
Na großartig. Jetzt ist das schöne Tagebuch im Eimer.
Und ich will nicht, dass John verschwindet. Ich will, dass er hier sein soll, wenn ich aufwache, ich will, dass er morgenmuffliges Zeug knurrt und sagt, mein Musikgeschmack sei das Letzte, ich will, dass er lacht, wenn ich mich über Lappalien aufrege, ich will, dass er mich in den Arm nimmt, mich »meine Kleine« nennt und sagt, ich bräuchte mir keine Sorgen zu machen. Ich will nicht, dass er verschwindet.
»Später vielleicht, ich weiß nicht«, sagt John. »Wir können vielleicht wieder zusammenkommen, irgendwann.«
»Wann denn?«
»Weiß ich nicht.«
»Wann weißt du das?«
»Weiß ich nicht.«
Ich fange zu weinen an, dann muss er auflegen.

»Die ist zu eng.«

Emma balanciert auf dem Rand der Badewanne und windet sich, um ihren Hintern im Spiegel zu sehen.

»Nein, die sitzt perfekt«, sage ich.

»Aber trotzdem. Darf ich sie tatsächlich ausleihen?«

»Klaro.«

Sie wirft mir einen Handkuss zu und tritt an den Spiegel, starrt sich kritisch an und drückt einen unsichtbaren Mitesser aus. Am Samstag ist die Party, alle werden da sein.

»Schade, dass du nicht kommen kannst«, sagt sie. »Wird bestimmt super.«

»Schon, aber ich muss nach Hause, nach Byxelkrok. Übrigens bin ich momentan nicht besonders scharf auf irgendwelche Feiern.«

Sie begegnet meinem Blick im Spiegel, legt den Kopf schief und sagt, das verstehe sie. Dann gehe ich in die Kochnische und öffne den Kühlschrank. Joghurt, Streichkäse und ein paar kümmerliche Möhren.

»Hast du mit ihm gesprochen?«

»Was, mit wem?«

»Mensch, mit John natürlich.«

»Ja, gestern.«

»Hast du ihn angerufen?«

Ich schließe den Kühlschrank und nicke, vermeide es, sie anzusehen.

Sie sagt nichts, aber ich weiß, sie findet mich schwach, ich müsste mich zusammennehmen und fröhlich, charmant und unwiderstehlich sein, nicht so eine weinerliche Tussi.

Beim ICA-Supermarkt steige ich aus dem Bus und nehme den Umweg, der am Ufer entlangführt. Es bläst so stark, dass Spritzer vom Meer durch die Luft fliegen, ich hab es gern, wenn die Wangen brennen. Als ich nach Hause komme, steht Papa in der Küche und rollt Pizzateig aus, Mama deckt festlich mit Servietten. Jeder darf die Zutaten für sein Pizzaviertel selbst wählen, ich deute auf Thunfisch, Krabben, Champignons und Feta. Papa arrangiert alles in Blumenmustern. Mini-Felix fängt zu meckern an, weil Mamas Ananas einen Millimeter auf sein Viertel rübergeglitten ist, aber sie kontert geübt, indem sie das Gespräch auf Mopeds und Traktorführerscheine bringt. Nach dem Essen schlafe ich vor dem Fernseher ein und wache unter einer Wolldecke auf, als alles im Haus still ist. Putze die Zähne, träufle Linsenflüssigkeit in die Augen und zwinkere, um die Linsen rauszubringen, ohne dass Hornhautreste hängen bleiben. Geh ins Bett. Kann nicht wieder einschlafen.

Klar ist es riskant, so was zu denken, aber falls irgendwas richtig Katastrophales passiert, also Papa kriegt den ultimativen Nervenkollaps zum Beispiel oder er und Mama sterben bei einem Autounfall oder Felix kriegt Krebs und verliert alle Haare und überlebt vielleicht trotzdem nicht, dann wird John der Einzige sein, der das versteht, und dann kommt er zurück und sorgt für mich. Und er wird versuchen mich zu trösten, obwohl das unmöglich ist. Er wird versuchen stark zu sein, obwohl er auch bloß weinen will. Und dann wird er vergessen haben, warum er mich verlassen hat, und für immer bei mir bleiben.

Mama ist in der Küche, sie stellt mir Joghurt hin und sagt Guten Morgen. Mein alter Fotoapparat liegt auf dem Tisch.
»Ich hab ihn gereinigt«, sagt sie. »Probier ihn doch mal aus.«
Ich geh runter zum Hafen, knipse pflichtschuldigst ein paar Möwen. Der Apparat scheint gut zu funktionieren, aber alles, was ich sehe, ist von hoffnungsloser Scheußlichkeit. Ich klettere über die Betonmauer und folge dem Ufer nach Norden.
Hier hat alles angefangen. Unsere Clique war draußen auf dem Pier und John hatte sich den ganzen Abend in meiner Nähe aufgehalten. Schließlich hatte er seine Hand um meinen Ellbogen gelegt und gesagt, du bist so hübsch, und ich dachte, jetzt passiert es! Dann sind wir hierher gegangen, nur wir zwei, und ich hab vor Nervosität kein Wort rausgebracht. Er blieb stehen und beugte sich vor und ich dachte, bestimmt nervt es ihn, dass ich so klein bin, und dann hat er mich geküsst. Dann sind die anderen gekommen, es war mitten in der Nacht, aber kein bisschen kalt, und wir haben gebadet. Vielleicht stimmt es ja, dass man sich nur an alles Schöne erinnert und dass es eigentlich gar nicht so perfekt war wie in meiner Erinnerung. Aber ehrlich gesagt glaube ich das nicht. Es war tatsächlich so perfekt.
Jetzt kehre ich um und nehme die Abkürzung über den Campingplatz, fast alle Wohnwagen sind verschwunden, überall gähnen blasse Flecken aus totem Gras. Zücke den Apparat, bin aber zu nah dran. Wechsle das Objektiv, trete ein

paar Schritte zurück, klettere auf das Geländer des alten Gasthofs und stelle das Bild scharf. Denke, das hier sieht aus wie eine Art Grabstätte für den Sommer.

Als ich zurückkomme, sind meine Eltern immer noch unverändert liebevoll. Sie erkundigen sich nach der Kamera und fragen, ob ich Tee will. Ich sage Nein und gehe in mein Zimmer. Versuche Physik zu lernen, kann mich aber nicht konzentrieren, denke nur an John und daran, wie es sein wird, wenn er alles bereut. Stelle mir vor, dass er auf mich wartet, wenn ich in unsere Wohnung zurückkomme, dass er weint und mich um Verzeihung bittet. Ich werde etwas kühl und abweisend sein, aber nur ganz kurz, weil er so traurig ist und sagt, dass er mich liebt.
Falls er es bereuen sollte.
Nein. Wenn er es bereut.

»Mensch, du hättest echt dabei sein sollen«, sagt Emma. »Alle haben nach dir gefragt.«
Ich nicke, obwohl sie das natürlich nicht durchs Telefon sehen kann. Ich weiß genau, wie die andern die Augen aufgerissen und die Köpfe schief gelegt und so getan haben, als wären sie geschockt. Dass John, der Megaprinz, dieser Olivia, dieser Null, endlich den Laufpass gegeben hat, ja, das muss der ultimative Obertratsch des Jahres sein. Ich seh deutlich vor mir, wie sie Schlange gestanden haben, um ihn zu trösten, wie schlanke Arme ihn umschlungen und rote Lippen ihm ins Ohr geflüstert haben und wie aus dem Trost Küsse geworden sind.

»Und John?«, frage ich, ohne recht zu wissen, was ich eigentlich hören will.
»Nein, der war nicht da. Hab gedacht, das weißt du? Er ist irgendwo zu einem Job unterwegs.«
Ich antworte nicht, atme nur unhörbar auf und lasse sie weiterreden – über die Party, wer alles da war, was für Geschenke sie mitgebracht haben und wie besoffen sie alle waren.
»Meine Mutter ist voll ausgerastet. Die ist echt so was von pingelig. Kalle Mattsson hatte Wodka mitgebracht, und als sie die Flaschen im Schlafzimmer gefunden hat, hat's einen Mordstrara gegeben.«
»Haben sie dir wieder Hausarrest aufgebrummt?«
»Nein, jetzt bin ich ja volljährig. Werd aber eine Weile abhauen, ein paar Nächte bei Martin bleiben oder so.«

Ich weiß nicht mehr, wie er aussieht. Na ja, nicht unbedingt so, dass ich ihn nicht wiedererkennen würde, falls er mir in der Stadt begegnet. Und ich weiß ja, dass er groß und durchtrainiert ist und dunkelbraune Haare hat und leuchtend blaue Augen. Ich weiß, einen Schöneren als ihn kann man sich überhaupt nicht vorstellen. Nicht so, wie jeder der Schönste der Welt wird, wenn man verknallt ist, sondern objektiv schön. Ab und zu kriegt er sogar Jobs als Model, nicht bloß in irgendwelchen doofen Modereportagen in der Lokalzeitung, sondern echte Jobs, durch eine Agentur in Stockholm.
Aber wenn ich die Augen schließe, sehe ich ihn nicht mehr vor mir. Ich erinnere mich daran, wie es sich anfühlt, ihn zu sehen, an die Wärme im Bauch und die Wonneschauer über den Rücken, wenn er mich anlächelt. Aber die Einzelheiten sind verschwunden.

»Ich kann nicht mehr weinen, bin zu erschöpft.«

»Na, dann hör doch einfach auf«, sagt Tor und schlägt mir eine Reihe von Dingen vor, die ich stattdessen tun kann: fotografieren, ein Buch lesen, ein Bild malen, um das Schloss herumschwimmen, ein Haus bauen, Hochprozentiges trinken.

»Konzentrier dich auf was anderes«, sagt er. »Wenn du an was anderes denkst, geht's dir gleich besser.«

Emma findet, dass Tor sich irrt. Sie sagt, Gefühle kann man nicht so einfach wegdrängen, und außerdem will ich ja vielleicht gar nicht, dass es vorbeigeht.

»Vielleicht solltest du versuchen noch einmal mit ihm zu reden?«, schlägt sie vor.

Ich weiß nicht, auf wen ich hören soll, aber eins weiß ich genau – ich will ihn unbedingt treffen. Ich muss ihn wiedersehen, ich muss bestätigt kriegen, dass er existiert und die letzten drei Jahre nicht nur ein erfundenes rosarotes Fantasiegebilde sind.

»Wir brauchen uns nicht mehr so oft zu sehen«, sage ich. »Wenn du nicht willst, natürlich.«

Wir sitzen im KM-Café. John ist direkt nach dem Training gekommen, eine Viertelstunde zu spät, die Haare immer noch nass. Groß und muskulös, mit braunen Haaren und blauen Augen. Und mit dem Lachgrübchen, das nicht einmal verschwindet, wenn er sauer ist. Ich hatte heiße Schokolade in einem hohen Glas bestellt und einen Tisch mit Aussicht über die Storgatan ausgesucht. Wir umarmten uns nicht. Jetzt schaut er nur schweigend aus dem Fenster.

»Wenn du willst, können wir so tun, als wäre ich ein paar Jahre älter.« Endlich wendet er mir den Blick zu. Lacht überhaupt nicht, seufzt nur und sagt, ich soll damit aufhören.

»Ich kapier nur nicht, wieso du dich so plötzlich ändern kannst. Man hört doch nicht einfach irgendwie auf, verliebt zu sein.«

»Das war nicht einfach irgendwie.«

»Also hast du schon lange vorgehabt Schluss zu machen?«

»Nein, so nicht.«

»Aber wie dann?«

»Na ja, ich hab eine Weile darüber nachgedacht.«

»Wie lange?«

Er zuckt die Schultern und die Ungewissheit kriecht wie eine giftige Schlange durch mich hindurch, sie sticht und beißt und kratzt, und wenn ich keine Antwort bekomme, wird die Schlange mich von innen her zerfressen.

»Seit letztem Sommer? Nach Jennis Party?«
»Olivia, hör auf. Ich weiß es nicht.«
»Oder als wir mit Emma und Martin in Borgholm waren? Hast du da schon daran gedacht? Und letzten Sonntag, hast du es da gewusst? Letzten Sonntag musst du es doch gewusst haben?«
Am Sonntag lag ich nackt an ihn geschmiegt, warm, verschlafen und froh. Und während sein kitzelnder Atem mich zum Kichern brachte, hat er daran gedacht, dass er nicht mehr will.
»Ich hatte gehofft, wir könnten Freunde bleiben«, sagt er. »Aber das klappt nicht, wenn du so weitermachst.«

Papa ruft mitten im Tränenmeer an und sagt, es sei wichtig, sich selbst aufzumuntern.
»Du musst versuchen positiv zu denken«, sagt er.
Also versuche ich das. Ich schreibe Listen in das Tagebuch.
Sachen, die ich endlich tun kann: auf dem Sofa sitzen, wenn ich mir die Zehennägel schneide, Spaghetti mit viel Butter essen und hinterher rülpsen, in der Mitte vom Bett schlafen, Musicalsongs anhören.
Sachen, die ich tatsächlich endlich mache: Spaghetti mit Butter essen.
Neue gute Sachen in meinem Leben: Das Klopapier reicht länger.
Neue schlechte Sachen in meinem Leben: Ich muss selbst daran denken, Klopapier zu kaufen. Und den Rest auch.
Sachen, die ich vermisse: seine »Bis heute Abend«-Zettel, seine großen Schuhe in meinem Flur, die Grimassen, die er

schneidet, wenn ich den Fotoapparat hervorhole, und das Lächeln, das er dann doch jedes Mal aufsetzt, sein wachsklebriges Haar unter meiner Hand, seine Lippen auf meiner Stirn.

Sachen, die ich nicht vermisse: keine.

»Vielleicht lässt sich da wirklich nichts machen«, sagt Tor.
»Das muss es aber«, sage ich.
Denke jedoch, womöglich hat er Recht. John kommt vielleicht nie zurück.
»Sonst nehme ich mir das Leben.«
»Das tust du überhaupt nicht«, sagt Tor. »Nur Loser nehmen sich das Leben.«
Ich übernachte bei ihm auf dem Fußboden. Es tut gut, jemanden im selben Zimmer schlafen zu hören.

»Erzähl, was er gesagt hat«, fordert Emma mich auf.
Wir sitzen im Café Kulzén und tun so, als würden wir Hausaufgaben machen, trinken Rhabarbertee mit Sahne und hassen alle Omis ringsum mit ihren lieben Enkelchen, die vor lauter Limo in die Hosen machen. Es ist meine Schuld, dass wir hier sind. Ich hab mich geweigert ins KM zu gehen und die vielen Wie-läuft's?-Fragen mit einem gelogenen »Gut« zu beantworten.
Ich zähle es wieder auf: »Du bist zu jung« und »Wir haben uns auseinanderentwickelt« und »Drei Jahre sind in unserem Alter eine sehr lange Zeit« und »Ich muss eine Weile allein sein«.
»Quatsch, das ist doch alles bloß Gefasel. Es muss was anderes sein. Habt ihr euch gestritten oder so?«
»Nein.«
»So ein Spast!«
»Das sagt man nicht!«
Emma lacht. Ich rutsche auf dem Sofa herum, versuche eine bequemere Sitzhaltung zu finden. Verdammte Steinzeitmöbel, Samt und Stickereien und charmante Spitzendeckchen, aber kein einziger vernünftiger Sitzplatz. Denke kurz über die Federung nach und ob in diesen alten Sofas tatsächlich Federn stecken. Gehen diese Federn dann langsam kaputt? Werden sie jedes Mal, wenn jemand sich hinsetzt, ein bisschen brüchiger oder brechen sie einfach plötzlich auseinander? Wie oft passiert das wohl und tut das sehr weh, wenn einem so eine Feder in den Hintern sticht,

und wie erklärt man das, wenn man damit in der Notaufnahme landet?

»Zeit für die Operation John-Zurückerobern«, sagt Emma.

»Hab immer geglaubt, ein Codename muss irgendwie geheim sein«, sage ich.

»Dann denk dir doch was Besseres aus.«

»Keine Ahnung.«

Emma blättert in ihrem Block, reißt ein kariertes Blatt heraus und schreibt mit Druckbuchstaben OPERATION VOGELKACKE ganz oben hin.

»Besser?«

»Viel besser.«

Dann diskutieren wir bestimmt eine Stunde lang hin und her, was ich tun soll, wie der erste Schritt aussehen und wie lange ich warten soll. Irgendwie kommt es mir ein bisschen albern vor, Liebe ist schließlich kein Projekt, so wie in der Schule. Aber es gefällt mir, dass es konkret wird, dass uns konkrete Dinge einfallen. Und als das Schürzenpersonal anfängt unsere leeren Tassen ärgerlich anzustieren, ist Emmas Papier vollgekritzelt:

John an alles erinnern, was gut gewesen ist. Zeigen, dass Olivia die perfekte Freundin ist (also keine weinerliche Klette, sondern hübsch und lustig). Amüsante SMS schicken. Anrufen und fröhlich und witzig klingen. Bei einem Treffen cool aussehen und charmant sein.

Ich schreibe: »Tut mir leid, dass ich so schwierig war. Hab dich lieb. Kuss.«
John antwortet: »OK«.
Emma schreibt: »Fröhlich, witzig und hübsch! You go, girl!«
Ich schau in den Badezimmerspiegel und zwinge mich zum Lächeln. Zwischen meinen Vorderzähnen klebt schwarzer Pfeffer, auf der Nasenwurzel wächst ein hartnäckiges Haar, unter den Augen ist verschmierter Mascara.

Zufällig stoßen wir vor dem Fitnesscenter aufeinander. Was heißt schon zufällig. Ich hab fast eine halbe Stunde in das Schaufenster des Süßwarenladens gestarrt, die Fingerabdrücke auf dem gigantischen Gummibärchen gezählt und versucht die Süßigkeitenwahl der Kunden vorauszusagen. Als John endlich die Tür des Centers aufmacht, drehe ich mich um und renne direkt in ihn hinein.

»Uups … hallo«, sagt er.

»Hallo«, sage ich.

»Hast du's eilig?«

»Nein, gar nicht, warum?«

»Na, weil du gerannt bist.«

»Aha, nein, also … bin bloß so gerannt.«

»Okay.«

Schweigen.

»Du, ich hab an was denken müssen«, sage ich schließlich.

»Ja?«

»Also, ich hab an damals im Sommer gedacht. Weißt du noch, dieser eine Abend in Borgholm?«

»Ja?«

»Das war doch schön. Oder nicht?«

»Äh … ja, das war es wohl.«

Ich nicke und versuche entspannt zu lächeln, obwohl ich weiß, dass das nie entspannt wirkt.

»Ich muss jetzt weiter«, sagt er. »Aber … bis bald.«

»Okay.«

»Bloß ein kleiner Rückschlag«, sagt Emma. »Du schaffst das, beiß die Zähne zusammen!«
Ich wasche mir die Schminkreste ab, dann radeln wir zu Tor. Er muss so sehr lachen, dass er minutenlang nicht sprechen kann. Dann sagt er: »Jedenfalls hast du in Sachen Komik voll gepunktet!«
»Oder in Sachen Peinlichkeit«, sage ich.
Emma protestiert und sagt, dass ich kein bisschen peinlich bin, sondern die Beste der Welt, und das wird John auch bald einsehen. Tor drückt sanft meine Schulter.
»Das wird schon.«
Dann erklärt er, man könne einen Jungen nicht dazu zwingen, verliebt zu sein. Emma sagt, es handle sich überhaupt nicht um Zwang. Tor sagt, Manipulation sei genauso schlimm wie Zwang. Emma sagt, er solle mir lieber helfen, anstatt dumm rumzuquatschen.
Ich lege mich aufs Bett, schließe die Augen, singe mir unhörbar im Kopf »Schlaf, Kindlein, schlaf, der Vater hüt' die Schaf« vor, bis die Welt um mich herum verschwindet und ich ihre Stimmen nicht mehr höre.

Es war immer Papa, der uns Gutenachtgeschichten vorlas und Schlaflieder vorsang. Bei ihm wurden alle Lieder zu Theater, er verstellte seine Stimme und dachte sich immer wieder neue Verse aus. Mini-Felix und ich konnten einfach nicht aufhören zu lachen, wir verlangten immer mehr und Papa sang Lied um Lied.
»Die werden nie einschlafen, wenn du so mit ihnen herumtobst«, sagte Mama.
»Sich in den Schlaf lachen ist die beste Art, einzuschlafen«, sagte Papa.
Doch dann kamen die Abende, als er schon nach der ersten Zeile der Gutenachtgeschichte einschlief. Dann stupsten wir ihn und er fing von vorne an, schnarchte jedoch schon längst wieder, bevor die Lieder an der Reihe waren. Schließlich löschte ich das Licht und sang mir selbst etwas vor.
»Ich will unseren Lachpapa wiederhaben«, sagte Felix.

Ich beschließe ein Album anzulegen, ein Buch mit lauter schönen Sachen. Vielleicht als Geschenk für John, vielleicht nur für mich selbst.
Als Erstes sortiere ich Fotos. Ein Ordner für fröhliche, einer für romantische, einer für verwackelte-aber-trotzdem-wunderbare, einer mit uns beiden, einer nur mit ihm. Kopiere, wenn es unmöglich ist, die Kategorie zu bestimmen. Bereue die Auswahl, als ich fertig bin, und fange von vorne an, sortiere stattdessen chronologisch. Bereue es wieder und lege einen Ordner für die Topfotos an, einen für gute, einen für okaye und einen für Ramsch.
Um 02.13 simst Tor: »Hör auf«. Ich rufe ihn an und frage, woher er das weiß.
»Ich weiß gar nichts«, sagt er. »Aber ich bin mir sicher, dass es jetzt reicht.«
Ich fahre den Computer runter und gehe ins Bett. Schlafe tatsächlich fast sofort ein.

Ich schicke ihm ein Bild vom vorletzten Sommer; er steht ganz außen auf dem Pier mit sonnengebleichtem Haar, direkt davor haben wir uns salzig geküsst, in ein paar Sekunden wird er wieder ins Wasser tauchen und auf die Bugwellen der Fähre zuschwimmen.

John antwortet: »Danke, das ist ein schönes Bild.«

Ich trau mich nicht, Emma anzurufen und sie um Interpretationshilfe zu bitten, weil ich eine Wahnsinnsangst hab, dass es genau das bedeutet, »ein schönes Bild«, und nicht »Jetzt erinnere ich mich daran, wie wunderbar alles war mit dir, und so will ich es wieder haben«.

Die perfekte Freundin laut John: hübsch (aber nicht zu sexy), fröhlich und witzig (aber nicht zu laut und albern), liebevoll und fürsorglich.

»Also ehrlich, ist er nicht eigentlich ein ziemlicher Langweiler?«

»Ach was, das verstehst du nicht.«

Tor sagt nichts mehr.

Wir sitzen in seinem Zimmer. Pia ist in der Küche, sie singt mit zu Bruce Springsteen: »You can't start a fire without a spark. We're just dancing in the dark«, und ich weiß, dass sie mit dem Kopf im Takt dazu nickt, vor dem Herd herumtanzt und beim Refrain die Augen schließt. Die ganze Wohnung ist von Essensgeruch erfüllt und ich bin richtig neidisch auf Tor. Heute würde ich gern mit ihm tauschen, ich wünschte, es wären meine Eltern, die geschieden wären, und ich hätte zu meiner Mutter ziehen dürfen anstatt in eine eigene Wohnung. Denke, Tor hat das Beste von zwei Welten erwischt, einen Vater auf dem Land und eine Mutter in der Stadt.

»Kommt nicht in Frage«, sagt Pia, als ich behaupte, ich hätte keinen Hunger.

Dann sitzen wir bei Kerzenlicht am Tisch, fast wie eine Familie. Es gibt O-Saft aus einer Plastikkaraffe, Tor meckert an den Gewürzen herum und Pia kontert, sie habe an wichtigere Dinge zu denken als an den Unterschied zwischen Curry und Cayenne, zum Beispiel daran, wie es denn bei uns um die Liebe bestellt sei?

»Beschissen«, antworten wir einstimmig.
Es wird schlagartig still. Ich spüre, dass sowohl Tor als auch Pia mich anschauen, aber ich starre auf meinen Teller und versuche mich aufs Essen zu konzentrieren. Spieße ein Stück Hühnchen auf die Gabel und rühre damit auf dem Teller herum, Runde um Runde, bis irgendwas in mir aufbricht und ich losprusten muss.
Plötzlich ist nämlich alles extrem komisch: Ich bin verlassen worden; haha, John liebt mich nicht mehr; haha, ich will nicht mehr leben; haha, Operation Vogelkacke; haha, fantastisch leckeres Hühnchen; haha, reichst du mir bitte den Salat; hahahahha. Dann tu ich mir noch einmal eine Portion auf und erzähle sachlich, dass John Schluss gemacht hat und dass ich ihn vermisse.
»Immer diese verdammten Männer, warum muss das nur so verflucht schwierig sein?«, murmelt Pia.
Tor räuspert sich.
»No offense«, sagt sie und verdreht die Augen.
»None taken.«
Und ich kichere.
»Ihr habt doch hoffentlich nicht mit dem Kiffen angefangen?«, fragt Pia dann.
»Bestimmt nicht«, sagt Tor.
»Denn falls ihr das habt, ist das okay, Hauptsache, ihr sagt es mir.«
»Gut zu wissen.«
Ich lache noch ein bisschen und radle dann nach Hause, und als ich über die Lindöbrücke strampele, denke ich, vielleicht gibt es trotz allem eine Alternative, vielleicht ist es ja tatsäch-

lich möglich, ohne John zu leben. Vielleicht kann ich trotzdem glücklich sein, mich eventuell sogar in einen anderen verlieben.
Logisch gesehen ist es so und rein statistisch werde ich darüber hinwegkommen. Leute werden immerzu verlassen und treffen immerzu neue Typen. In zehn Jahren bin ich glücklich verheiratet, habe Kinder und ein großes Haus, und John wird nur eine schwache Erinnerung an etwas sein, das vor langer Zeit mal passiert ist.
Wenn ich es ernsthaft versuche, gelingt es mir fast zu glauben, das mit John und mir hätte etwas mit Logik zu tun.

»Und wie wär's mit diesem?«
Emma schlägt die Zeitschrift auf und deutet auf ein türkises knielanges Kleid mit dünnen Trägern. Sie will mir etwas nähen und wir suchen nach dem richtigen Modell.
»Man könnte es natürlich kürzer machen«, sagt sie. »Und in Rot. Das steht dir.«
»In Rot seh ich aus wie ein käsiges Schwein.«
»Quatsch, das weiß ich besser.«
Dann muss ich mich ausziehen, damit sie Maß nehmen kann. Es ist kalt und ich krieg eine Gänsehaut. Ich steh vor dem Spiegel und sehe meine Brustwarzen wie harte Knöpfe unter dem glänzenden BH. Die rechte sitzt mindestens zwei Zentimeter weiter unten als die linke, das sieht total behindert aus. Fühle mich nackt und verunsichert, obwohl ich Unterwäsche anhabe und es nur Emma ist, die mich sieht. Versuche mich zu entspannen, aber es kitzelt trotzdem, als sie von der Achselhöhle aus Maß nimmt.

Am Abend räume ich den Schrank aus, verpacke seine T-Shirts und Unterhosen. Das ist fast überhaupt nicht schlimm. Fühlt sich ungefähr an wie Geschirrspülen – etwas, das erledigt werden muss und keinen Spaß macht, aber auch nicht wehtut. Man macht es einfach.
Ganz hinten in seinem Regal finde ich einen kleinen Button: schwarz mit »I love you«-Text in Rot. Den hatte ich ihm geschenkt, als wir hundert Tage zusammen gewesen waren, ich

hatte es genau ausgerechnet und fürchtete, er würde ihn albern finden, aber er war ganz süß und sagte »I love you too« und dann hat er den Button an seine Schultasche geheftet und den ganzen Winter drangelassen. Und schon ist dieser Kloß im Hals wieder da, das tut so weh, dass ich kaum atmen kann, aber heute werde ich stark sein. Ich stopfe das Ding in die Tasche hinein und quetsche alles unters Bett. Drehe die Lautstärke auf, lege mich ausgestreckt auf den Boden und starre an die Decke, weigere mich zu weinen, schaffe es, nicht zu weinen, will nicht, werde nicht weinen.

Manchmal dachte ich selbst daran, Schluss zu machen. Zum Beispiel, wenn er sauer wurde, ohne dass ich begriff, warum, oder wenn er wusste, dass ich auf ihn wartete, und mir trotzdem erst spätabends simste, er würde zu Hause übernachten. Wenn ich etwas Wichtiges erzählte und er nicht zuhörte. Wenn ich in seiner Nähe sitzen wollte und er schweigend wegrückte.

Dann dachte ich, jetzt will ich nicht mehr. Aber nur, um schlagartig einzusehen: Statt John und mir gibt es dann bloß noch mich. Wenn John nicht bei mir ist, werde ich allein sein, wenn John mich nicht liebt, wird auch sonst niemand das tun.

Dies ist die Strafe dafür, das ist mir jetzt klar. Ich bin allein und ungeliebt, und Schuld daran bin einzig und alleine ich selbst, weil ich früher mal mit dem Gedanken gespielt habe, so wäre es vielleicht besser.

Es läutet an der Tür. Obwohl ich gesagt habe, dass ich das noch nicht verkrafte, steht Emma draußen, eine Tüte voller Bierdosen und Falafel im Arm.

»Du musst schließlich was essen.«

Ich reiße das Fenster weit auf, damit wir im Zimmer rauchen können.

»Was vermisst du am meisten?«, fragt sie irgendwann, als wir beim zweiten Bier sind.

»Ehrlich?«

»Ehrlich.«

Ich versuche Zeit zu gewinnen, indem ich den Rauch extra langsam einziehe, das brennt im Hals und ich schließe die Augen, unterdrücke einen Hustenanfall.

»Nie allein sein zu müssen und immer alles erzählen zu können, was ich gerade gedacht oder gehört hab. Reden.«

»Im Ernst?«

»Ja, was ist daran komisch?«

»Nichts, ist echt gut. Ich hab bloß geglaubt, du sagst: den Sex.«

Da werde ich natürlich verlegen und steh auf, um noch mehr Bier zu holen. Sie ruft hinter mir her, ich sei prüde. Zuerst will ich protestieren, aber sie hat ja Recht, darüber rede ich nicht gern. John hat immer gesagt, es sei besser, es zu tun, als darüber zu reden. Und das finde ich auch. Worte reichen sowieso nicht dafür aus, alles wird dann so technisch und kalt, und ich hasse das Gefühl, dass die Person, die zuhört, alles, was ich sage, bewertet und vergleicht und bloß dasitzt und denkt: »Au weia, weiß die überhaupt, was ein Orgasmus ist?«

»Teilen wir die Letzte?«, sage ich und öffne eine Dose.

»Hey, du musst mir schon was liefern! Und jetzt kannst du dich nicht mehr mit John herausreden.«

Ich schenke mir das Glas ein, trinke ausgiebig.

»Okay, was willst du wissen?«

»Na ja, zum Beispiel, ob's gut war.«

Ich nicke; doch, klar war es gut.

»Hab natürlich keine Vergleichsmöglichkeiten.«

»Martin ist gut«, sagt Emma. »Und ich hab auch nicht viele Vergleichsmöglichkeiten. Aber man weiß einfach, wenn es gut ist.«

Ich überlege, vielleicht ist das erblich bedingt, vielleicht ist die sexuelle Begabung bei Brüdern gleich. Ob das wohl bedeutet, dass sie auch auf die gleichen Sachen scharf sind? Und wie ist das mit Schwestern und Brüdern – gibt es zwischen mir und Felix sexuelle Ähnlichkeiten? Er ist inzwischen fünfzehn und da wichsen die Jungs ja wie die Wilden, und, nein, hör auf, weg damit aus meinem Hirn!

»Okay, gehen wir jetzt, oder was?«

Im Schlosspark treffen wir Tor und Martin und die anderen. Danijel bietet grüne Marlboros an und ich tausche Bier gegen Jennis Hexenmixtur. Sie sagt »Shit, wir müssten uns öfter sehen« und ich sage »Shit, ja, das müssten wir«. Tor verkündet, jetzt verstehe er endlich, was der Sinn des Lebens sei, Emma schreit »Erzähl, erzähl«, worauf Tor ein nachdenkliches Gesicht macht, dann räuspert er sich und fängt an zu singen.

»Kumbaya my Lord, kumbaya.«
Da muss Danijel so lachen, dass ihm das Bier aus der Nase spritzt. Und plötzlich liebe ich das hier, nichts sonst auf der ganzen Welt ist wichtig, das hier ist nämlich alles, was ich brauche. Emma nimmt meine Hand und ich hake mich auf der anderen Seite bei Tor unter, dann singen wir Lagerfeuerlieder, bis wir im Bistro sind.
Dort tanzen wir und mein Glas ist magisch, ich trinke und trinke nämlich und trotzdem wird es nie leer. Es ist heiß und ich schäle mich aus den Kleidern, bis aufs Trägerhemd, und werfe meine Haare extra häufig über die Schulter zurück, weil das so schön kitzelt. Versuche es Emma zu erklären, aber sie meint, vielleicht sei ich vor allem ganz einfach besoffen. Ich sage, vielleicht fühlten sich ihre Haare vor allem nicht so kitzlig an wie meine.
»Na, wird ja immer schöner, betrunken und dazu auch noch kitzlig«, sagt Tor.
Und plötzlich ist Danijel da und sieht mir in die Augen und sagt, ja, genau, ich würde immer schöner. Ich lache und dann steht er sehr nah, wirklich unheimlich nah, so nah, dass ich seinen Atem spüre, und jetzt jetzt jetzt ist sein Mund an meinem Mund und ich schließe die Augen, er berührt mich nur mit der Zunge und den Lippen, aber es geht mir trotzdem durch und durch.
Als ich die Augen aufmache, stehe ich mitten auf der Tanzfläche und, verfickter Hurenscheißdreck noch mal, küsse tatsächlich Danijel, und das ist falsch falsch falsch, denn Danijel ist nicht John, und John ist der, den ich haben will, mein Einziger.

Ich gehe. Muss raus, fort, nach Hause. Ich lege den ganzen Weg im Laufschritt zurück und mit jedem Schritt hasse ich mich selbst noch mehr.

Ich weiß, man darf es nicht auf den Alkohol schieben. Ich weiß, dass alles, was man im betrunkenen Zustand macht, Sachen sind, die man sich in nüchternem Zustand nicht traut. Aber diesmal war es anders, dies war die Ausnahme, die die Regel bestätigt, denn diesmal war der Alkohol tatsächlich schuld daran. Normalerweise würde ich mich niemals so verhalten, ich habe noch nie, nicht einmal eine Hundertstelsekunde lang, auf die Art an Danijel gedacht.
Und überhaupt, alles ging so schnell, ich hab nicht mal gemerkt, dass es passiert, bevor es zu spät war. Ich wusste nicht einmal, dass es passieren könnte, bevor es passiert war.

Obwohl. Es muss so gewirkt haben, als hätte ich es gewollt, das sage ich mir immer wieder. Ich hab nichts gesagt und nichts getan, bevor es zu spät war, hab einfach dagestanden und seinen Mund angenommen. Als hätte ich das gewollt.

»Höchste Zeit, dass du ein bisschen abgeknutscht wirst«, sagt Tor.
»Aber ich wollte doch gar nicht knutschen«, sage ich.
»Vor allem nicht mit Danijel«, fügt Emma hinzu und tut so, als müsste sie würgen.
»Ganz so hat es gestern aber nicht gewirkt«, sagt Tor.
»Also ehrlich, er riecht nach Schweiß«, sage ich. »Manchmal hat er drei Tage hintereinander dasselbe T-Shirt an.«
»Nicht so, als ob du das gezählt hättest, oder?«, bemerkt Tor.

Wir haben die Jalousien heruntergelassen und Kissen und Decken auf meine Extramatratze vor dem Fernseher gehäuft. Emma zappt sich zwanghaft durch die Sender und Tor futtert stinkende Käsechips. Es ist Sonntag und morgen muss ich in die Schule, und dann ist Danijel da und das pack ich einfach nicht.

»Mensch, du warst doch betrunken«, sagt Emma. »Das zählt nicht.«

»Dann bist du Martin also nicht untreu, wenn du einen Zacken hast und dich von einem anderen Typen abknutschen lässt?«, fragt Tor.

»Doch, aber das ist was anderes. Olivia und John haben nämlich Schluss gemacht.«

»Er hat Schluss gemacht«, sage ich. »Ich nicht.«

Ich schlafe fast schon, als John anruft und sagt, er komme am Samstag vorbei, um sein Zeug abzuholen. Es dauert nicht mal eine Minute, bis wir das vereinbart haben, aber anschließend liege ich stundenlang wach und versuche dahinterzukommen, ob in seinen Worten und in der Art, wie er sie gesagt hat, irgendein winziger Hinweis lag, dass er von der Sache mit Danijel gehört hat.

Als der Wecker läutet, träume ich noch. Es ist Party und ich irre herum und frage nach John, alle antworten, er sei vorhin noch da gewesen, aber niemand weiß, wo er abgeblieben ist. Martin sagt, ich müsse ihn finden, es sei eilig. Ich laufe in den Hof, bin barfuß, Kies bleibt an den Fußsohlen kleben, aber ich renne weiter über die asphaltierten Fußwege und rufe nach John. Als ich ihn finde, regnet es, er kauert an einer Schuppenwand und weint. Ich gehe in die Hocke und umarme ihn, sage, alles wird gut, und sage, es tut mir leid. Er umarmt mich auch und ich lasse ihn nicht los.

Selbstverständlich ist Danijel sofort zur Stelle, kaum dass ich in der Schule angelangt bin. Er steht weniger als einen Meter von meinem Spind entfernt, schwafelt und blödelt und ruft jedem, der vorbeikommt, dumme Sprüche zu. Schnell hole ich mein Handy raus und vertiefe mich auf dem kurzen Weg zum Spind darin, fummle mit dem Schlüssel herum und kriege einen knallroten Kopf, weil ich weiß, dass er da steht, und weil ich nicht weiß, was er denkt oder was er tun wird.
Eine Sekunde später steht er direkt daneben, lehnt sich an meine Spindtür und sagt »Hallo, Süße«. Genau wie immer. Als wär nichts gewesen. Auf Partys wird eben manchmal rumgeknutscht, so was kommt vor, nicht der Rede wert.

Vor dem Schwedischunterricht haben wir eine Freistunde. Die anderen gehen ins Café Ekelund oder in die Bibliothek. Aber ich schließe mich im Klo ein und bleibe dort, bis ich sicher bin, dass Danijel schon gegangen ist, heute ertrage ich seine Stimme nicht mehr als unbedingt nötig. Als ich rauskomme, ist nur Tor noch da.
»Verstopfung?«, fragt er grinsend.
Ich boxe ihm an die Schulter und sage, das gehe ihn einen Scheiß an.
»Witzig.«
Dann setzen wir uns in den frisch gestrichenen Aufenthaltsraum. Die krankenhausgelben Wände sind jetzt beige, ungefähr die Farbnuance eines nassen Sandstrands. Aber wahr-

scheinlich heißt die Farbe Russian Mocca oder sonst was Einfallsreiches. Die Kautabakflecken werden trotzdem in weniger als einer Woche wieder da sein.

»Hab immer gedacht, als anständiger Tabakkauer muss man an die Decke spucken«, sagt Tor. »Die Prolls an unserer Schule sind auch nicht mehr das, was sie mal waren.«

Dann schlägt er vor, wir sollten mit dem Tabakkauen anfangen, dann könnten wir Präzisionsspucken üben und ein Tabakbattle arrangieren und der ganzen Schule mal zeigen, wo es langgeht. Ich sage, die schlechteste seiner Ideen sei das nicht.

»Muss vorher noch ein bisschen recherchieren«, sagt er. »Welche Sorte am besten klebt und so. Man will ja nicht unbedingt ›General‹ spucken, wenn es sich herausstellt, dass ›Göteborg‹ besser an der Decke haftet.«

Ich nicke. Ich mag Menschen, mit denen man schweigen kann, ohne dass es peinlich wird. Dieses magische Gefühl zu wissen, dass man alles sagen kann, was einem einfällt, aber nur, wenn man Lust dazu hat. Man kann sich alle Zeit der Welt lassen, weil der andere da sein und zuhören wird, wenn es so weit ist.

Aber Tor ist noch einen Tick besser, er weiß zwar, wann ich Stille brauche, aber er weiß auch, wenn ich nur glaube, Stille zu brauchen. Dann ist es nämlich wesentlich erholsamer, jemanden abgefahrenen Blödsinn labern zu hören.

Ich kann nicht einschlafen. Heute Abend nicht, gestern Abend nicht, am Abend davor auch nicht. Ich versuche alles: entspannen und Atemzüge zählen, aufstehen und ein Glas Milch trinken, einen Abendspaziergang machen, lesen, schreiben, das Alphabet vorwärts und rückwärts aufsagen. Nichts funktioniert, nichts lässt Danijels warme Lippen und Johns traurige Augen verschwinden, ich wälze mich nur hin und her. Denke an Papa und seine langen Zeiten der Schlaflosigkeit, wie sein lautes Lachen durchs Haus hallt, wenn er nächtelang Monty-Python-DVDs anguckt, ohne den Rest der Welt zur Kenntnis zu nehmen. Denke, jetzt ist es passiert, jetzt bin ich so wie Papa.

Emmas Fahrrad hat einen Platten, darum legen wir die ganze Strecke zum Bistro zu Fuß zurück und überqueren dabei das Rondell vor dem alten Wasserturm. Ich warte, während sie hinter einer Bushaltestelle pinkelt. Höre sie fluchen.

»Meine Schuhe haben was abgekriegt«, teilt sie mit, als sie zurückkommt.

»Eine neue Duftmarke«, bemerke ich.

»Ha, der letzte Schrei«, kichert sie. »Das Parfüm Frischer Urin, naturbelassen, ohne Zusätze. Sämtliche Jungs verlieren den Verstand!«

Sie setzt sich auf die Wartebank, zieht eine Bierdose aus der Jackentasche. Ich setze mich neben sie und trinke ein paar Schlucke.

»Weiß Martin von der Danijel-Sache?«

»Du meinst, ob er John etwas gesagt hat?«

»Ja, wahrscheinlich.«

»Nö, auf die Art reden die nicht miteinander. Und ich weiß nicht mal genau, ob Martin etwas davon mitgekriegt hat. Ich hab nichts gesagt und er hat nicht gefragt.«

»Gut«.

Sie knöpft ihre Jacke und die Strickweste darunter auf und streckt den Busen vor.

»Das hier solltest du dir für den Samstag ausleihen«, sagt sie und demonstriert ihr neues Top, bestimmt zum vierten Mal an diesem Abend. »Das macht geile Titten.«

»Ist nicht nötig. John ist nicht so.«

»Quatsch, alle Jungs sind so!«
»Du hast einen sitzen.«
»Ja, kann man sagen.«

»Ich hab eine Wohnung gefunden«, verkündete John. »In Martins Straße, ein Ein-Zimmer-Apartment.«

»Warum das denn?«, fragte ich.

»Ich kann schließlich nicht mein Leben lang bei meiner Mutter wohnen.«

Ich lag auf dem Bett und las, er guckte fern. Wir waren schon seit mehreren Stunden zu Hause, hatten gekocht und geredet, gegessen und geredet, den Abwasch gemacht und geredet, den ganzen Tag geredet-geredet-geredet, doch kein einziges Wort darüber, dass er ausziehen wollte.

»Aber du bist doch sowieso immer hier bei mir«, wandte ich ein.

»Das ist nicht dasselbe.«

Er lachte, also versuchte ich auch zu lachen, das Lachen blieb mir jedoch im Hals stecken. Ich drehte das Gesicht zur Wand, damit er es nicht sah, aber er begriff es natürlich trotzdem, erhob sich vom Sofa, legte sich aufs Bett und umarmte mich von hinten.

»Bist du jetzt traurig?«, fragte er.

»Nein«, sagte ich.

Und schniefte.

»Dummerchen«, sagte er.

Aber dann zog er doch nicht um.

»Da war kein Balkon«, sagte er. »Wer will schon eine Wohnung ohne Balkon.«

Ich tupfe Concealer auf meine Pickel und denke an Emmas Du-musst-umwerfend-aussehen. Bezweifle, dass es etwas hilft, pudere mir aber dennoch die Stirn.

Es ist ein eigenartiges Gefühl, als er läutet. Schließlich hat er ja noch einen Schlüssel, sonst ist er immer direkt hereingekommen, war immer selbstverständlich bei mir daheim. Und es fühlt sich eigenartig an, die Tür aufzumachen, ihn dort stehen zu sehen, ihn nicht berühren zu dürfen und nicht zu wissen, was ich sagen soll. Ich fliehe ins Zimmer und ziehe seine Tasche hervor, stottere fast, als ich etwas sagen will.

»Ich hab schon mal angefangen, mit Klamotten und so. Aber da sind ja auch noch CDs und Filme und Bücher.«

Wir beginnen die Sachen zu sortieren. Nach einer Weile geht es einfacher, allmählich unterhalten wir uns sogar. Fast wie sonst. Bis er eine dunkelrote Hülle hochhält und ich, ohne zu überlegen, froh ausrufe »unsere Schmuse-CD!«, und mir viel zu spät einfällt, dass das ja gar keine Schmuse-CD mehr ist, dass wir nie mehr die Tür zu meinem Mädchenzimmer zumachen und »I'll find my way home« auf Repeat stellen werden, bis Papa sich vor der Tür räuspert.

»Die gehört dir«, erklärt John. »Das war ein Geschenk.«

»Ich brauche sie nicht. Jetzt nicht mehr.«

Es wird totenstill – minutenlang, stundenlang, endlos lang.

»Es ist okay, falls du sie brauchen solltest«, sagt er. »Ich meine, du darfst natürlich rumschmusen. Wenn du willst.«

Und ich denke, er weiß es! Er hat trotz allem von Danijel

gehört, jetzt hält er mich für eine Schlampe und hasst mich.
»Nein, nimm du sie. Ich will sie nicht.«
Und dann wieder stundenlanges Schweigen. Ich wende mich erneut den CDs zu, konzentriere mich scheinbar auf jeden einzelnen Titel, während er immer noch dasitzt und die Kuschelscheibe anstarrt, sie hin und her wendet, als suchte er nach verräterischen Fingerabdrücken. Dann lacht er gekünstelt und fragt mit gespielter Lässigkeit:
»Nicht, dass es mich etwas angeht, aber … hast du in letzter Zeit mit irgendjemand rumgeschmust?«
Ich sehe ihm in die Augen und lüge.
»Nein. Und du?«
Und da entspannt er sich. Er lacht wieder, aber diesmal echt. Er glaubt mir.
»Nein, um Himmels willen, nein. Ich hab die ganze Zeit nur gebüffelt.«
Er hebt eine CD mit Markoolio auf und legt sie auf meinen Haufen.
»Kommt nicht in Frage, die hab ich mir nie angehört.«
Ich lege sie zu ihm rüber. Er legt sie sofort zurück. Und ich lege sie wieder zu ihm. Und so machen wir weiter, bis er sagt, er könne nicht die ganze Nacht hier sitzen und werde sie nehmen, damit endlich Schluss ist.
»Ha, ich hab's gewusst! Du stehst doch auf Markoolio. Wie oft hast du das gesungen: »Im Sommer muss es Reggae geben und jede Menge Soooonne …«
Er lächelt mich an und sagt: »Sure, Baby, und dabei kannst DU alle Texte auswendig«, und ich erwidere sein Lächeln.

Als ich meinen CD-Haufen ins Regal einräume, stelle ich fest, dass die Markoolio-CD doch dageblieben ist. Ich lasse sie ganz vorne stehen und bin auf mich selbst stolz, weil es so gut gegangen ist, weil ich nicht zusammengebrochen bin und weil ich stark war.

Doch dann, als ich mich müde gelesen habe und die Lampe ausmache, werde ich wieder hellwach und einsam. Danijels Lippen sind verschwunden, aber Johns Augen sind immer noch enttäuscht.

Emma ruft an, bevor der Wecker läutet.
»Warum hast du dich gestern nicht gemeldet?«
»Was? Äh, also …«
»Oh, er ist immer noch da! Entschuldige, ich ruf später wieder an. Mach's gut!«
Und dann legt sie auf. In der Dusche weine ich und sage mir, wenn die Tränen verdünnt werden, zählt es nicht. Dann schnäuze ich mich und föhne mir die Haare. Rufe zurück, als ich ganz trocken bin.
»Halt dich an den Plan«, sagt sie. »Das wird schon klappen.«
»Aber wenn es das nicht tut?«
»Ist doch klar, dass es klappt«, sagt Emma.

Wir sind im Kalmarsundspark und trinken Bier. Es wimmelt von Leuten, mehrere Cliquen sind gleichzeitig hier, stehen einfach im Kreis herum. Ich sitze bei Emma und Martin, Tor ist woanders, mit ein paar Typen aus der Klasse.

»Na, Schnecke, was läuft?«

Jenni lässt sich neben mich fallen und drückt mir einen nassen Kuss auf die Backe, den ich mit dem Ärmel abwische.

»Muss Pipi machen, komm mit«, sagt sie.

Wir verziehen uns hinter den Friedhof, finden unten am Wasser ein dichtes Gebüsch. Jenni sagt, sie freue sich für mich, es sei höchste Zeit gewesen, die Chose zu beenden.

»Klar mag ich John, wir sind ja fast miteinander verwandt. Aber ihr wart die ganze Zeit so ekelhaft perfekt, irgendwie der Prinz und die Prinzessin. Ich hab ehrlich geglaubt, ihr bleibt für immer zusammen, mit Hochzeit und so. Und dann Kinder und irgendein megascheußliches Haus, du weißt schon. Er kriegt einen Scheißjob und du bleibst mit den Gören daheim und fängst irgendwann an heimlich zu trinken, um das Elend auszuhalten.«

Ich protestiere nur halbherzig. Stehe auf und fummle an den Jeansknöpfen herum.

»Na ja, wer sich regelmäßig volllaufen lässt, verliert ja die Lust auf Sex, und darum muss John die Nachbarin vögeln. Bis sie ihm eine kleine Abwechslung vorschlägt, ihm einen blasen will oder sonst was Harmloses, und da kriegt er die große Flatter und kommt zu dir zurück und flennt, fleht dich auf bloßen Knien an, ihn wieder in eure übliche alte Missionarsstellung zurückzunehmen. Aber das ist jetzt zu spät. Denn inzwischen bist du abstinent und nach Hollywood gezogen, einfach »Hasta la vista baby, pass gut auf die Kinder auf«. Und dann wirst du superberühmt und reich und der arme John hat alles verpasst. Ha!«

»Okay, besonders der Schluss war ziemlich gut.«

»Ich weiß. Vielleicht solltet ihr es doch wieder miteinander versuchen. Hast du Klopapier dabei?«

»Nein.«

Ich lehne mich an die Friedhofsmauer und spüre, wie mir die Finger irgendwie einschlafen. Ein angenehmes Gefühl. Jenni ist mehrere Minuten still, bis sie schließlich aus den Büschen hervorkriecht.

»Ohne Papier taugt das nichts«, sagt sie. »Keine gute Sexhygiene. Also, ich meine, für den Fall, dass man heute Abend irgendeine gelenkige Zunge oder so was aufreißt.«

»Also ehrlich.«

»Was denn?«

»Nichts. Das ist nur so … eklig.«

Als John das erste Mal richtig wütend auf mich wurde, waren wir seit acht Monaten zusammen. Wir hatten endlich miteinander geschlafen, für mich war es das erste Mal und ich war glücklich und stolz, als ich es Emma erzählte. Und dann erzählte sie es Martin.
»Warum musst du unbedingt alles herumerzählen?«, schrie John. »Ich hab keine Lust, unser Sexleben mit einem Haufen lästernder Weiber zu teilen.«
»Aber das ist doch bloß Emma!«
»Das spielt keine Rolle, ist schließlich eine Sache zwischen dir und mir, oder? Du bist nicht so wie Emma oder Jenni und all die anderen Mädchen, genau das ist doch der Grund, warum ich dich mag.«

»Ihr müsst euch wieder treffen«, sagt Emma.

»Ich weiß nicht so recht.«

»Wie soll er sich sonst daran erinnern, dass du die perfekte Freundin bist?«

»Vielleicht bin ich das ja gar nicht.«

»Klar bist du das. Und wenn ihr euch trefft, wird er daran erinnert.«

SMS von John: »Kommst du zu Martins Party?«
Ich antworte: »Weiß nicht, kommst du?«
John: »Wenn es für dich okay ist?«
Ich: »Ist doch klar.«
Rufe Emma an und frage, warum ich nicht eingeladen bin.
»Natürlich bist du eingeladen«, antwortet sie. »Ich hab doch nur deinetwegen vorgeschlagen, dass Martin eine Party machen soll.«
»Meinetwegen?«
»Ja, damit John dich wieder trifft.«

Papa ruft an, er will mit mir ins Café.
»Jetzt?«
»Nein, in zehn Minuten. Bin auf der Brücke.«
»Aber ich bin doch in der Schule. Wir haben jetzt gleich Mathe.«
»Hab mir gedacht, wir könnten ins Holmgrens gehen. Als du klein warst, bist du immer gern ins Holmgrens gegangen.«
»Ja, aber …«
»Gut, ich hol dich von der Schule ab.«
Und damit legt er auf. Ich winke Tor entschuldigend zu, gehe zum Spind zurück, lege meine Bücher hinein und hole meine Jacke.

Ich sage, ich will nur eine Cola, und suche einen Tisch aus, der möglichst weit vom Fenster entfernt ist. Höre Papas penetrante Stimme, als er mit der Kassiererin schäkert. Das Tablett, das er bringt, ist total überfüllt mit Kuchen und verschiedenen Törtchen.
»Ich konnte mich nicht entscheiden«, erklärt er. »Wir brauchen ja nicht alles aufzuessen. Aber probieren muss man es wenigstens.«
Er nimmt ein Marzipantörtchen und verschlingt es mit einem Bissen. Ich verdrücke ein Stück Käsekuchen und pule den Pudding aus einem Kopenhagener. Inzwischen ist Papa fertig und will weiter.

Im Kaufhaus probiere ich Jeans an. Papa kauft drei Paar – zwei für sich und eins für mich. Auf dem Weg nach draußen fällt ihm ein, das sei ungerecht, also macht er mitten auf der Rolltreppe kehrt.

»Beeil dich, bevor ich es bereue«, sagt er.

Er ruft Verkäuferinnen her, deutet auf mich, bittet sie um Beratung und lässt sie Kleider, Pullis und Röcke anschleppen, als wären wir reiche VIP-Kunden. Ich wehre ab, das sei nicht nötig, aber Papa stellt sich taub, und als wir das Kaufhaus zum zweiten Mal verlassen, trage ich zwei volle Einkaufstüten.

Früher hat John mich im Sommer nach den Partys in der Scheune oft nach Hause begleitet, dann saßen wir stundenlang auf der Terrasse. Redeten und kuschelten und zählten die Sterne, bis die Sonne aufging und einer von uns beschloss, ein paar Stunden Schlaf seien nötig, bevor der Ferienjob wieder losging. Damals habe ich es gehasst, dass er nach Hause gehen musste, anstatt neben mir zu schlafen. Aber jetzt vermisse ich diese Nächte fast mehr als die in der Stadt.

Tor begleitet mich zu Martins Party. Ich trage das Haar offen, habe das neue rote Kleid an und eine rosa Strickjacke vom Papashopping und bin ungeschminkt. Jenni steht in der Küche und mixt für alle, die sich trauen, Bloody Marys, aber vor allem für sich selbst.

»Hab heut einen bloody day, sozusagen.«

Sie umarmt mich, und als ich nicht zurückdrücke, sondern nur die Arme hängen lasse, sagt sie: »Ich glaube, du brauchst eine Doppelte!« Bevor ich protestieren kann, halte ich einen großen Tomatendrink in der Hand. Ich gehe ins Zimmer, setze mich aufs Bett und kippe den Inhalt diskret nach und nach in einen Blumentopf mit Grünpflanzen. Als Martin das sieht, gibt er mir stattdessen ein Bier.

John weicht mir aus, er hat mir nur kurz zugenickt, als wir kamen, und jetzt sitzt er auf dem Ecksofa eingeklemmt und redet mit Kalle Mattsson über Dinge, die ich nicht höre. Ich muss daran denken, wie es vor zwei Monaten war, wir waren mit genau denselben Leuten genau hier und ich trug das lange grüne Kleid, das ihm so gut gefällt, weil ich darin »märchenhaft schön« bin. Und schon damals habe ich gedacht, dass er der Einzige ist, der so etwas sagen kann, ohne dass es wie ein Witz klingt. Er hatte mir den Arm um die Schultern gelegt und ich war so stolz. Wir waren mit dem Auto da, er trank nichts, weil er fahren musste, und ich trank auch nichts, weil er fand, ohne Wein schmecke ich besser. Und wir fuhren ziemlich früh nach Hause und schliefen miteinander, hinterher sagte er, ich sei was Besonderes. Das sagte er immer hinterher.

Jetzt existiere ich nicht mehr, jetzt sitze ich mit einem abgestandenen Bier in der Hand da und bin unsichtbar.

Ich gehe wieder in die Küche. Dort stehen Emma und Tor und unterhalten sich, aber als ich komme, verstummen sie. Tor hat schon ziemlich geladen und verwuschelt mir die Haare, fragt, wie ich mich fühle, und sagt, er erinnere sich ebenfalls an die vorige Party.

»Jetzt siehst du viel besser aus. Darum traut er sich auch nicht, dich anzusehen.«

Emma will rauchen, also begleite ich sie nach draußen. Sie stoppt die Haustür mit dem Fußabtreter vor dem Zufallen und ich lehne mich ans Treppengeländer.

»Der Abend hat erst angefangen«, sagt sie.

Da kommt Tor heraus und nach ihm John. Er zögert kurz, als er mich sieht, sagt aber Hallo. Und bevor ich recht begreife, was geschieht, sind Emma und Tor im Haus verschwunden und haben den Fußabstreifer weggezogen.

»Erst nachdem ihr geredet habt«, signalisiert Tor uns durchs Türfenster, als wir am Türgriff zerren.

Ich fluche und trete gegen die Tür.

»Hört gefälligst mit dem kindischen Getue auf!«

»Das hat keinen Sinn«, sagt John und setzt sich auf die Treppe.

Ich zerre noch ein paarmal an der Tür, aber sie sind offenbar fest entschlossen. Also setze ich mich neben ihn. Drücke meine Zigarette aus und stecke mir eine neue an. Drücke sie wieder aus. Und dann reden wir.

»Klar erinnere ich mich«, sagt er. »An die vorige Party und an alle anderen Partys, überhaupt an alles. Das war toll, wir haben es gut miteinander gehabt.«
»Aber jetzt nicht mehr?«
»Nein, jetzt nicht mehr. Jetzt wird es nicht mehr gut.«
Ich nicke, weil er glauben soll, dass ich verstehe, was er meint. Es wird nicht mehr gut. Vielleicht genügt das als Erklärung, vielleicht gibt es nichts mehr zu verstehen.
»Du bist tatsächlich die perfekte Freundin gewesen«, sagt er, als wir aufstehen, und eine Hundertstelsekunde lang frage ich mich, woher er Operation Vogelkacke kennt.
»Ich habe daran gedacht«, fährt er fort. »Es war genau so, wie wir anfangs immer gesagt haben – du warst die perfekte Freundin und ich war der perfekte Freund. Aber jetzt kann ich nicht mehr perfekt sein.«

Tor und ich verlassen die Party. Ohne Emma etwas zu sagen, radeln wir in die Stadt. Die Rugbymannschaft feiert im Folkets Park ein Kostümfest, und weil Tor den Türsteher kennt, werden wir reingelassen. Überall tanzen grotesk maskierte Typen und Mädels in Spitzenunterwäsche. Ich geh erst mal aufs Klo. Als ich herauskomme, steht Danijel im Foyer, er trägt ein schwarzes Cape und hat sein Gesicht weiß geschminkt. Als er mich sieht, nennt er mich »Baby« und gibt mir einen Kuss auf die Wange. Ich schwanke leicht und spüre, dass mein Gesicht plötzlich glüht, bestimmt liegt das am Bier.
»Kennst du das hier schon?«
Er öffnet eine Tür, zieht mich hinein und macht hinter uns zu. Wir stehen in einer ziemlich engen Abstellkammer, wo

wir uns unweigerlich berühren müssen, egal wie ich mich winde. Als ich ihm auszuweichen versuche, lande ich mit dem Kopf in einem muffig riechenden Mopp.
»Coole Perücke«, sagt Danijel.
Dann deutet er auf einen Sicherungskasten.
»Wenn man diese eine Sicherung rauszieht, wird die ganze Bude dunkel. Die Musik spielt weiter, aber alle müssen im Dunkeln weitertanzen. Oder was sie dann auch tun.«
Ich strecke mich aus, um die Sicherung rauszudrehen, doch da stoppt er meine Hand und hält sie fest. Mein Herz klopft wie wild.
»Bist du sicher, dass du dich traust?«
Ich kann nur daran denken, dass er meine Hand hält und wie warm sich das anfühlt, schön warm, aber bestimmt krieg ich gleich schwitzige Hände und dann findet er mich natürlich peinlich, und das will ich auf keinen Fall.
»Klar trau ich mich«, sage ich.
Seine Zunge ist vorsichtig, seine Hände sind weich. Ich schiebe sein T-Shirt ein wenig hoch, lasse meine Hand ganz still auf seinem Rücken liegen. Denke gar nicht mehr an irgendwelchen Schweiß.

»Wo bist du denn abgeblieben?«,. fragt Tor.
»Nirgends.«
Inzwischen hab ich mir Danijels weiße Schminke vom Gesicht abgewaschen, hab den Mund ausgespült und mich dazu gezwungen, langsam zu atmen, bis mein Puls sich beruhigt hat. Nie im Leben werde ich das zugeben. Nie im Leben darf jemand erfahren, dass ich Danijel schon wieder geküsst habe,

dass er mich berühren durfte, ich ihn berührt habe und ich diese Abstellkammer am liebsten nie verlassen hätte.
Ekelhaft, Danijel ist ekelhaft.
Niemals werde ich zugeben, dass ich kurz etwas Unwesentliches gedacht hab. So kurz, dass es eigentlich gar nicht zählt, hab ich gedacht, es ist lange her, dass es sich mit John so toll angefühlt hat.
Ekelhaft, ich bin ekelhaft.
»Ist noch Bier da?«, frage ich.
Wir haben die Tasche im Gebüsch beim Spielplatz versteckt, jetzt holen wir uns je eine Dose und setzen uns auf die Schaukeln. Der Aluminiumrand kühlt die Lippen, ein gutes Gefühl, nach dem ersten Schluck halte ich die Dose noch an die Lippen gepresst. Tor wirbelt auf dem Schaukelbrett herum, bis die Ketten ganz verdreht sind, dann hört er auf und lässt sich kreischend zurückzwirbeln. Wie früher, als wir klein waren.
»Wenn wir weiter hier herumhängen, krieg ich nie jemand zum Knutschen«, sagt er.
»Was denn, du hast doch schon jede Menge gehabt?«
»Nö, seit Silvester hab ich nicht mehr geknutscht und auch das war eindeutig ein Gnadenknutschen.«
»Quatsch, das bildest du dir bloß ein!«
Wir trinken unser Bier und gehen zurück. Den ganzen Abend registriere ich genau, wo Danijel ist, was er tut und mit wem er redet, aber ich bleibe auf Abstand.

»John denkt an dich«, sagt Emma. »Das merkt man.«
»Ja, aber …«
»Und echt raffiniert, dass ihr dann gleich gegangen seid! Von wegen klammern oder so.«
Ich sage, das hätte ich zwar nicht so geplant, vielmehr sei ich gegangen, weil ich traurig war und diese ganze Operation mich nicht mehr so recht überzeugt. Aber Emma hält dagegen und spricht von Fortschritten und Kampfesmut. Sagt, man dürfe nicht auf halbem Weg aufgeben, alles werde sinnlos, wenn man einfach aufgibt.
»Und vergiss nicht, dass du die perfekte Freundin bist«, sagt sie.

Ich räume meine Wohnung auf und mache sauber. Sorgfältig und penibel. Ziehe das Bett vor und staubsauge dahinter. Leere das Bücherregal, staube es ab und stelle alles in perfekt geordneten Reihen wieder hinein. Ordne Gläser und Teller im Küchenschrank neu. Sammle alte Zeitungen und Papier im Flur zu einem großen Wegwerf-Haufen. Sortiere meine Schulpapiere, werfe manche in den Papierkorb und ordne manche in Mappen. Lege Fotoausdrucke mit der Rückseite nach oben in die unterste Schublade. Will Wasser trinken und rege mich auf, als die Gläser nicht mehr griffbereit stehen. Räume Teller und Gläser wieder an ihre alten Plätze zurück.
Denke viele Stunden lang gar nichts.
Muss beschäftigt bleiben, denn kaum lasse ich nach und entspanne mich, spüre ich Danijels nackten Rücken wieder unter meinen Fingern. Dann dauert es viele Sekunden, bis dieses Gefühl mir Übelkeit erzeugt.

Als es in der ganzen Stadt still und schwarz ist, traue ich mich den Gedanken zu Ende zu denken: Entweder ich bin in Danijel verliebt oder ich bin nicht in ihn verliebt, sondern nur so ganz allgemein notgeil.
Ich weiß nicht, was am schlimmsten wäre.

Eines Abends saßen wir in meinem Zimmer. Ich hasste es, dass John gehen musste, aber Papa hatte schon zwei Mal an die Wand geklopft und ich hatte mich nicht getraut einen Aufstand zu machen. John sagte, das sei okay, genau so müsse es sein. Väter sollten die sexbesessenen Freunde ihre Teenietöchter verscheuchen, sonst wären sie keine guten Väter.

»Aber du bist ja nicht sexbesessen.«

»Du auch nicht«, sagte er. »Ich könnte nie mit einem sexbesessenen Mädchen zusammen sein.«

Ich stellte mir vor, wie es nachher sein würde, wenn er gegangen war. Wie ich wach liegen und mich nach ihm und dem Gefühl sehnen würde, das seine Hände auf meiner Haut hinterließen.

Vielleicht kann er tatsächlich nicht mehr mit mir zusammen sein.

Ich bringe zwei Bissen runter, dann quillt der Joghurt in meinem Mund auf und das Müsli beginnt am Gaumen zu scheuern. Ich spucke alles aus und kippe den Rest in den Ausguss. Geh zur Kommode, um Strümpfe zu holen, weiß dann aber nicht mehr, was ich eigentlich wollte. Schminke die Lippen dunkelrosa und bleib vorm Spiegel hängen, teste die konzentrierte Miene, die fröhliche Miene, die wütende Miene, die kluge Miene, die geheimnisvoll lächelnde Miene und die Interessiert-mich-nicht-die-Bohne-Miene – aber nichts haut hin. Fahre schnell ein paarmal mit der Bürste durchs Haar und gehe in den Flur, um Schuhe zu wählen, stelle aber fest, dass ich noch barfuß bin, und hole Strümpfe. Bin spät dran und muss hetzen, krieg einen verschwitzten Nacken.
Danijel ist nicht da. Emmas Trägerhemd fühlt sich erstickend eng an und in der Zehn-Uhr-Pause wische ich mir den albernen Lippenstift ab.

Mittags gibt es Krautauflauf, schon allein beim Geruch muss ich würgen. Esse stattdessen Knäckebrot mit Butter und Kräutersalz. Tor schnaubt verächtlich und sagt, ich sei eine Flasche, weil ich anständiges Essen nicht zu schätzen wisse, dann rülpst er laut und lächelt stolz. Ich zerreiße die Serviette zu Schneeflocken.
Und dann erzählt er, was Abbas gesagt hat. Danijel hat ein Mädchen getroffen. Ich krieg Herzklopfen und denke neinneinneinnein, das war doch bloß ein bisschen Geschmuse.

Da sagt Tor, dass sie Maja heißt.
»Sieht klasse aus, irgendwie ein bisschen wie Prinzessin Madeleine.«
»Was? Seit wann?«
»Da warst du doch dabei, an diesem Abend im Bistro.«
»Aber das ist doch viele Wochen her! Wie konnte er …«
»Was denn?«
»Nichts«, sage ich.
Weiß nicht, ob ich »Wie konnte er dann am Samstag mit mir rummachen?« meine oder »Wie konnte er an dem Abend damals dafür Zeit finden?« oder »Wie konnte er eine andere als mich haben wollen?«.
Und ich hasse Maja. Ich hasse glänzendes Prinzessinnenhaar und meine eigene struppige Mähne. Ich hasse es, dass Danijel heute auf krank macht, um mit seiner Tussi daheimbleiben zu können, und ich hasse es, daran zu denken, was er mit ihr alles anstellt. Ich hasse es, dass ich mich überhaupt darum schere, was Fucking-Kack-Danijel treibt.
Sage Tor, ich hätte meine Tage und Migräne, und gehe nach Hause.

»Schaffst du das nicht?«
Emma zeigt auf meinen Teller. Ihre Capricciosa-Hälfte ist schon aufgegessen, aber meine ist nur am Rand angenagt. Ich schüttle den Kopf, worauf sie die Teller tauscht.
»Hab kein Mittagessen gehabt«, sagt sie. »Und morgen muss ich auch wieder ins Training.«
Mein Telefon piepst, es ist eine SMS von John: »Geht's dir gut? Ich denke an dich.«

»Na bitte, wer sagt's denn!«, bemerkt Emma.
Klar, vielleicht bereut er es jetzt, aber bloß, weil er nicht weiß, was ich getan habe. Ich trau mich nicht einmal, es Emma zu erzählen. Niemand, der jemals in die Nähe von John kommen könnte, darf davon erfahren. Denn wenn niemand es weiß, kann John es nicht erfahren, und wenn John es nicht weiß, ist es fast so, als wäre nichts passiert. Ich behaupte, ich würde später darauf antworten.
»Echt cool, lass ihn ruhig schmoren.«

Am Abend lösche ich die SMS und beschließe alles zu ignorieren.
John – wird ignoriert. Danijel – wird ignoriert. Emmas Ratschläge – werden ignoriert. Tors Klatschgeschichten – werden ignoriert.
Ich – ignorier mich selbst.
So mache ich drei Tage weiter und hab's schließlich voll gut drauf, alles zu ignorieren.

Am vierten Tag bekomme ich einen Brief. Einen richtigen Brief mit gepolstertem Umschlag und Briefmarke. Ich erkenne die Handschrift sofort und da wird mir so schwindelig, dass ich mich auf den Boden setzen und den Kopf zwischen die Knie senken muss, bevor ich mich traue den Brief zu öffnen.

Eine goldene Kette mit einem Herzchen liegt darin, dazu eine Ansichtskarte mit einem Kätzchen. »Das hier habe ich schon im Sommer gekauft. Ich will, dass du es bekommst. Ich werde dich immer lieben. Nur jetzt gerade läuft das irgendwie nicht so.«

Ich lege mir die Halskette um, und obwohl ich Schmuck eigentlich nicht leiden kann, weiß ich, dass ich sie nie wieder ausziehen will.

»Yes! Endlich!«

Emma jubelt und tanzt einen Siegestanz durch meine Wohnung.

»Ich hab's gewusst!«, sagt sie. »Die Halskette kann nur eins bedeuten.«

»Aber er schreibt doch, dass es irgendwie nicht so läuft«, wende ich ein. »Das ist nicht ganz dasselbe wie »Wir sind wieder zusammen«, oder?«

Eigentlich denke ich allerdings genau wie sie. Jetzt endlich!

»Schon mal was von dem Spruch »You cannot have your cake and eat it too« gehört?«
Tor verhält sich ablehnend und das kapiere ich nun wirklich nicht. Emmas und mein Plan ist astrein – wenn ich John jetzt möglichst bald zufällig treffe und er sieht, wie fröhlich und charmant ich bin, wird er seinen Gefühlen nicht mehr widerstehen können und damit ist alles in Butter. Alles, was ich möchte, ist, dass Tor mir den Gefallen tut und mich am Donnerstag ins Harrys begleitet, damit es nicht allzu offensichtlich wird, warum ich hingehe, nämlich weil ich weiß, dass John sich dort das Fußballspiel anschauen will.
»Ich meine ja bloß, ist doch irgendwie ein bisschen komisch, dass er dir Halsketten schickt«, sagt Tor. »Schließlich hat er ja Schluss gemacht.«
»Vielleicht hat er gemerkt, dass er immer noch in mich verliebt ist.«
»Also, ich weiß ehrlich gesagt nicht, ob ich an diesen ganzen Quatsch glaube.«

Ich hab mir immer wieder seine Klamotten ausgeliehen, bin in seinen zu großen T-Shirts in die Schule, hab in seinem Hemd geschlafen. Liebte es, hautnah etwas von ihm zu spüren, liebte es, offen zu zeigen, dass ich ihm gehörte.

Schließlich kommt Tor doch mit, er verspricht sogar, nicht »Was hab ich gesagt« zu sagen, wenn es schiefgeht.
»Sag mir Bescheid, wenn du willst, dass ich verschwinde«, sagt er.
»Du kannst so lange bleiben, wie du willst«, sage ich.
»Trotzdem.«
Wir sind früh dran, bis auf ein paar schweigende bierbäuchige Fans an der Bar und der Bedienung, die Servietten um Besteck faltet, ist es leer. Ich möchte nur ein Glas Mineralwasser, aber Tor bestellt zwei Bier und Popcorn.
»Also ehrlich, wie oft wirfst du dich in Schale, um mit mir ein Glas Wasser zu trinken? Ich lade dich ein.«
Manchester spielt gegen Liverpool. Ich weiß nicht, ob das ein besonders wichtiges Spiel ist, aber Emma war sich sicher, dass Martin und John es sich hier anschauen wollen. Und John ist Manchester-Fan. Wenn mich jemand fragt, kann ich behaupten, das sei ich auch.
»Wenn mich jemand fragt, sag ich, Fußball ist ungefähr so sinnvoll wie Sandburgen bauen, wenn es regnet«, sagt Tor.
Das Bier schmeckt bitter und abgestanden, aber wenigstens bin ich beschäftigt.
Nach einer Stunde gehe ich an die Bar und hole zwei neue, und als ich zurückkomme, sitzen Danijel und Abbas an unserem Tisch. Ich funkle Tor wütend an, leere schnell mein Bier und verziehe mich auf die Toilette. Dort hocke ich auf dem Klodeckel und versuche mir einzureden, alles werde gut ge-

hen, wenn ich mich nur an den Plan halte, bis Tor mir simst, das Spiel habe angefangen.

Ich finde sie an einem Stehtisch, umarme zuerst Martin, dann John. John ist erstaunt mich hier zu sehen. Nicht erfreut oder sauer. Nur erstaunt.

»Tor und ich sind bloß kurz auf ein Bier hier«, erkläre ich.

Obwohl er nicht danach fragt. Er sieht mich an, lässt dann den Blick von meinen Augen zu meinem Ausschnitt wandern. Lächelt, wahrscheinlich über die Halskette, aber ich fühle mich trotzdem entblößt, ziehe an meiner Strickjacke und knöpfe sie bis oben zu.

»Okay«, sagt er.

»Okay«, sage ich.

Martin bringt mir ein Bier und wir stoßen an, so leicht, dass das Glas nicht einmal klirrt. Dann wenden sie sich wieder dem Fernseher zu. Ich bleibe stehen und verfolge voller Interesse die Sekunden auf der eingeblendeten Uhr und versuche mich daran zu erinnern, wie man fröhlich und charmant ist. Als ich das Glas hebe, streife ich Johns Arm. Er rückt weg.

Nach 12 Minuten und 36 Sekunden sage ich, ich müsse wieder nach Tor schauen.

»Wir telefonieren«, sagt John.

Hebt die Hand und winkt, schaut dabei aber immer noch auf den Bildschirm.

»Wer war der lange Typ?«, fragt Danijel.

»Niemand Besonderes«, sage ich.

»Olivias Ex«, sagt Tor.

»Macho«, sagt Danijel.

Wir holen unsere Jacken, das Spiel ist schon längst aus und die anderen wollen in eine andere Kneipe. Ich sage, ich sei müde. Als ich gehe, streift Danijel kurz meinen Rücken, vielleicht nicht mal mit Absicht, aber mir wird trotzdem heiß.

Ich ziehe mich aus und hole die Kamera hervor. Inzwischen ist es bald Morgen. Seit ich nach Hause gekommen bin, sitze ich in der Dunkelheit auf dem Sofa. Hab die Augen geschlossen und immer wieder gehört, wie er »Wir telefonieren« sagt. Hab wieder gespürt, wie schwach seine Umarmung war, habe seinen desinteressierten Blick gesehen. Immer wieder. Hab nach Zeichen gesucht, versucht etwas zu verstehen. Aber nein, da ist nichts mehr. Er fühlt nichts mehr, er will nicht mehr. Seine Liebe ist zu Ende.

Ich bin nicht traurig und weine auch nicht. Bin nicht einmal wütend. Ich bin leer. Eine leere Hülle, sonst nichts. Jetzt bin ich nichts mehr in echt.

In dem schwachen, kalten Morgenlicht wird mein bleicher Körper hart von der Fensterscheibe reflektiert. Als ich mich kneife, entstehen schwache blaue Spuren. Ich mache Nahaufnahmen, dokumentiere sorgfältig jeden Millimeter meiner hässlichen Hülle.

»Plan B«, sagt Emma.
Die Leere ist noch da, ist inzwischen aber sehr viel kleiner, nur noch ein winzig kleines Loch in meinem innersten Innern, umgeben von weicher Wärme, von einem großen »Vielleicht doch«. Die Sonne scheint so grell, dass ich blinzeln muss, um Emma in die Augen zu sehen.
»Gibt es einen Plan B?«
»Jetzt gibt es einen. Wenn es nicht genügt, perfekt zu sein, müssen wir die Eifersucht ins Spiel bringen. Höchste Zeit, dass du anfängst mit anderen Typen zu flirten.«
Jetzt sollte ich eigentlich von Danijel und der Abstellkammer erzählen, das müsste als Eifersuchtsspiel genügen. Aber ich weiß nicht, ob dieses Spiel den Regeln entspricht, halte also lieber den Mund.

Ich träume, dass in der Schule ein Test angesagt ist und ich mich verspätet habe. Ich weiß, dass ich unmöglich rechtzeitig kommen kann, renne aber trotzdem weiter auf die Aula zu. Komme nicht vom Fleck, biege um eine Ecke nach der andern, lande aber immer wieder bei den Spinden. Tor ruft hinter mir her. Ich mache kehrt und renne in die andere Richtung, schreie, dass ich es nicht schaffe. Er holt mich ein und packt mich von hinten, seine Hände sind groß und er ist stark. Ich versuche meine Beine zum Weiterrennen zu zwingen, aber sie weigern sich, ein unsichtbares Gewicht presst meine Füße auf den Boden und macht mich unbeweglich. Tor schwingt mich herum wie nichts und plötzlich ist es nicht mehr Tor, sondern John, und John flüstert, alles wird gut, da wende ich das Gesicht nach oben, um ihn zu küssen, und als unsere Lippen aufeinandertreffen, sehe ich, dass es Danijel ist, doch als ich mich abwenden will, bin ich nicht mehr ich selbst, sondern Jenni. Da entspanne ich mich und genieße.

Danach wage ich nicht mehr einzuschlafen, weil ich nicht wieder Jenni werden will. Stattdessen versuche ich mich auf den Emma-Plan und die Eifersucht zu konzentrieren, weiß aber nicht, wie das gehen soll. Weiß nicht, was ich will. Wenn ich an John denke, zieht sich mir der Magen zusammen.

In der Schule ist Danijels Blick ab und zu da, Danijel macht irgendeinen Trick mit den Augen: Erst zwinkert er kurz und kneift sie zusammen, dann reißt er sie auf, lächelnd und erstaunt. Nur eine Sekunde lang. Hab keinen blassen Schimmer, was das bedeutet oder ob das überhaupt etwas bedeutet. Aber ein ganz klein wenig wünsche ich mir genügend Mut, um diesen Augenblick ein einziges Mal festzuhalten, seinen Blick mit meinem zu verbinden und ihn anzulächeln.
Ich frage mich, ob das genügt. Wenn man diese Sekunde auf Video festhalten und John dieses Video schicken könnte – würde das dann als Eifersuchtsspiel genügen? Würde er es begreifen? Würde sein Inneres rebellieren und ihn zur Einsicht zwingen, dass er ohne mich nicht leben kann?

»Bis morgen in der Scheune«, sagt Tor, als wir uns vor der Schule trennen.
Er fährt morgen mit Martin und Emma nach Byxelkrok, ich dagegen habe Mama versprochen schon heute Abend zu kommen. Eine Luftveränderung tue immer gut, behauptet sie. Mir ist das einerlei, ich will mich sowieso am liebsten bloß unter einer Decke verkriechen und Cartoons gucken, und das kann man auch in Byxelkrok machen. Am allerwenigsten Lust hab ich auf irgendwelche Feste, wo nur Leute rumhängen, die John und mich kennen.
»Ja, DAS hilft dir natürlich deine Physiknote zu retten«, sage ich zu Tor.
»Nein, aber es könnte dir helfen nicht mehr so miesepetrig rumzuhängen wie eine saure Gurke.«
»Wie bitte?«
»Also ehrlich, du musst jetzt bald anfangen was Vernünftiges zu tun.«
»Und etwas Vernünftiges ist in deinen Augen, mich mit lauter Bauern volllaufen zu lassen?«
»Ja, genau«, sagt er nachdrücklich. »Meine Mutter hat Cider besorgt, das wird perfekt. Ich hol dich gegen sieben ab.«

Im Bus nach Byxelkrok schlafe ich ein, verpasse die Haltestelle und wache fast zehn Kilometer zu spät auf. Mache mich zu Fuß auf den Rückweg, doch da kommt Kalle Mattsson mit dem Traktor und nimmt mich mit. Er riecht leicht nach

Mist, ist aber fröhlich und nett und fährt mich bis vors Haus, obwohl ich sage, das sei nicht nötig.

»Und, kommst du morgen zur Scheune?«, fragt er, als ich runtergesprungen bin.

»Logo«, sage ich und lächle, als wäre es mir ernst.

»Dann bis morgen!«

Ich hab mich nur eine halbe Stunde verspätet, versuche es zu erklären und mich zu entschuldigen, aber Papa ist bereits auf hundertachtzig und faucht, es gebe da so etwas wie Handys und die aufzuladen sei eigentlich ziemlich einfach. Und es sei total unverhältnismäßig, so müde zu sein, dass man »an einem normalen Freitag um fünf Uhr nachmittags im Bus verschläft«.

»Was treibst du eigentlich? Du kannst doch nicht nächtelang unterwegs sein, wenn Schule ist, begreifst du das nicht? Irgendwann musst du lernen Verantwortung zu übernehmen. Verstanden? Verantwortung!«

Vor Wut kommen mir die Tränen. Ich gehe direkt in mein Zimmer und ins Bett, weigere mich etwas zu Abend zu essen. Draußen in der Küche reden meine Eltern mit gedämpften Stimmen, und obwohl ich die einzelnen Worte nicht hören kann, bin ich mir ziemlich sicher, dass Mama sagt, er müsse Verständnis haben, wütend zu werden helfe gar nichts. Vermutlich fügt sie auch noch hinzu, dass Papa und ich uns so ähnlich seien und uns darum immer in die Haare gerieten. Daraufhin schenkt er sich wahrscheinlich einen Whisky ein und sagt, das sei saudummes Gerede. Hoffentlich sagt er das und hoffentlich hat er Recht.

Am Morgen nehme ich die Kamera und gehe zum Strand, durchwühle den Tang mit den Schuhen und suche nach Möwenleichen. Knipse Totes in Schwarz-Weiß. Überlege, ob es jetzt vielleicht so weit ist.
Als ich zurückkomme, säubere ich mein Zimmer von allen Erinnerungen. Kleine Zettel, Briefe, Karten, Geschenke und die Collage, die wir vorletzten Sommer zusammen gemacht haben. Alles, was mit John zu tun hat. Fülle eine H-&-M-Tüte und schiebe sie auf dem obersten Schrankregal ganz nach hinten.

Wir stehen auf dem Hof vor der Scheune – Tor, Emma, Martin, Jenni, Kalle Mattsson und ich. Jenni und ich stoßen mit unseren Flaschen an und Emma bietet Lucky Strike an und erzählt die übliche alte Geschichte über die amerikanischen Soldaten, die genau diese Marke rauchten, weil das Gerücht umging, eine Zigarette von zehntausend würde Marihuana enthalten. Wir tun so, als hätte jeder von uns so eine »Lucky Strike« bekommen.
»Oooh, ich bin ja so entspannt. Ich liebe das Leben, alle sind schön!«, ruft Tor und fängt an im Kreis herumzurennen.
Er streckt die Arme aus und singt laut und falsch: »Ich fliege, ich fliege, ich fliiiege!«
»Mann, hör auf, das ist doch bloß ein scheißbilliger Rausch.«
Dann fangen auch wir an uns im Kreis zu drehen. Rundherum und immer schneller, immer schneller, und wenn man nach oben schaut, ist es, als würden die Sterne auf einen zu-

kommen, und schließlich wirbeln wir alle ineinander, in einem einzigen kichernden Haufen, und das gefällt mir, ich bin gern hier und heilfroh, dass Tor nie auf mich hört, wenn ich daheimbleiben will. Dann kommt Mini-Felix und erkundigt sich, wie voll wir eigentlich seien, und ich versteh ihn falsch und glaube, er wolle wissen, wie voll er eigentlich sei, also erhebe ich mich und ahme Papas mahnende Stimme nach.
»Es ist Brüderchen strengstens untersagt, alkoholhaltige Getränke zu konsumieren!«
»Und Schwesterchen im Glashaus sollte lieber mal nicht mit Steinen werfen«, kontert er.
Kalle steht ebenfalls auf und zieht mich von den anderen weg.
»Komm, ich hab was Besseres bei der Mauer versteckt.«
Er bleibt außerhalb des Lichts der Hoflampe stehen, bückt sich und zieht eine Flasche Gin aus einer Nische in der Steinmauer. Ich spüre, dass ich lieber eine Pause einlegen sollte, und lehne dankend ab. Setze mich auf die Mauer, Kalle setzt sich neben mich und ich frage mich, ob er wohl mit mir rummachen will. Dann frage ich mich, warum ich mich das frage. Und dann rutsche ich ein bisschen näher. Unsere Schenkel berühren sich.
»Vermisst du John?«
»Bitte, können wir über was anderes reden?«
»Entschuldige. Worüber willst du reden?«
»Weiß nicht. Wir müssen ja nicht unbedingt reden.«
»Was sollen wir dann tun?«, fragt er und sieht mich an, und ich denke, scheiß drauf, beuge mich vor und küsse ihn.
Er schmeckt nach Zigaretten und Alkohol, seine Zunge ist

kalt. Das fühlt sich gut an, aber er zieht sich zurück. Als ich von der Mauer hüpfe, fange ich an zu schwanken. Da fängt er mich auf und zieht mich näher an sich heran.

»Entschuldige, ich finde dich toll, aber ... also, irgendwie gehörst du immer noch John.«

»Tu ich gar nicht. Ich gehöre niemandem, und am wenigsten von allen John.«

»Trotzdem kommt es mir vor, als würde er mich umbringen, wenn er es erfährt.«

»Warum sollte er es erfahren?«, frage ich trotzig und beuge mich wieder vor. »Kein Mensch muss das erfahren.«

Wir knutschen noch eine Weile. Ich steh die ganze Zeit vor Kalle, zwischen seinen Beinen eingekeilt, und er hat die Arme um mich gelegt, ohne mehr als Küsse zu versuchen. Ein einziges Mal zieht er mich näher heran und da spüre ich, dass er einen Ständer hat.

Als es kalt wird, begleitet er mich nach Hause und hält mich dabei an der Hand. Wir schweigen, inzwischen bin ich ziemlich nüchtern. Als wir fast da sind, holt Felix uns ein und ich lasse Kalle los. Wir verhalten uns so eindeutig verlegen und wie ertappt, dass Kalle schnell mit einem kurzen Tschüss-bis-dann verschwindet. Ich sehe, dass Felix unsicher auf den Beinen ist, als wir durch die Küche gehen, und zwinge ihn ein großes Glas Wasser zu trinken, als Vorbeugung gegen den Kater.

»Ich bin älter, ich weiß es besser. Morgen wirst du mir dankbar sein.«

Dann putzen wir die Zähne, und als wir uns so vor dem Waschbecken kichernd nebeneinanderdrängen, ist es, als wären wir wieder klein. Am liebsten würde ich hierbleiben.

Ich wache davon auf, dass Mini-Felix die Tür öffnet.
»Hier drin stinkt's, hast du gekotzt, oder was?« Er verzieht das Gesicht zu einer Grimasse.
»Raus! Blöder Idiot!«
Er wirft das Telefon auf mich.
»Es ist Emma. Und du, mach lieber das Fenster auf, bevor Mama kommt.«
Er schlägt die Tür zu.
»Was war das denn?«, fragt Emma.
»Mein hirnamputierter Bruder.«
»Felix ist mir doch scheißegal. Ich meine das mit Kalle. Was treibst du da eigentlich?«
Ich schließe die Augen und sehe ein, ja, doch, es ist tatsächlich passiert. Eisige Kälte durchströmt mich und ich fahre so schnell hoch, dass mir schwindlig wird und ich wieder aufs Bett zurückfalle. Die Bilder in meiner Erinnerung sind messerscharf: mein Schenkel an Kalles auf der Mauer, seine Zunge in meinem Mund und … falsch. Total verdammt fucking falsch. Und wenn Emma es gesehen hat, haben alle es gesehen. Und wenn alle es wissen, wird John es auch erfahren. Er wird mich hassen. Verfluchte Scheißarschkacke. Zuerst Danijel, dieser Idiot, und jetzt Kalle, dieser Bauer. Alle werden mich für die hinterletzte Schlampe halten.
»Ich weiß nicht«, antworte ich wahrheitsgemäß.
»Ein Flirt ist okay, klar, aber mit Johns Kumpel abzuhauen, um mit ihm rumzuknutschen, das war vielleicht nicht gerade

oberschlau. Oder? Da wird John nicht eifersüchtig, da dreht er total durch.«

Als wir aufgelegt haben, bleibe ich im Bett und versuche ernsthaft dahinterzukommen, was ich eigentlich treibe, kann aber nur eins denken – ich möchte sterben. Gucke meine leeren Wände an und vermisse die John-Bilder.

Schließlich stehe ich auf und öffne das Fenster. Greife mir die Kamera, schaue in den Spiegel und schieße ein Foto. Bin noch nie so hässlich gewesen und verdiene es nicht besser, als dass es dokumentiert wird.

Dann läutet es wieder, bestimmt ist es John, der sagen wird, ich sei widerlich und er wolle mich nie mehr sehen. Oder es ist Kalle, shit, bestimmt glaubt er, wir hätten jetzt was miteinander, und will mich wieder treffen. Höre Mamas Schritte, die sich dem Telefon nähern, und sehe ein, das Einzige, was alles noch schlimmer machen kann, ist, wenn sie sich meldet und sich freundlich mit Kalle unterhält, bevor er nach mir fragt und nicht nach Felix. Ich brülle: »Ich geh ran.« Räuspere mich.

»Hallo, Olivia hier.«

Es ist Tor. Er fragt, wo ich bin, und ich antworte, ich sei immer noch in Byxelkrok, und das müsse er doch gecheckt haben, weil er ja hier angerufen hat.

»Schon, aber das hab ich ja nicht gewusst, bevor ich angerufen hab. Also muss diese Information als taufrisch angesehen werden und da kann man gerechterweise nicht verlangen, dass ich die Situation unmittelbar erfasse.«

Ich antworte, er sei ein Blödmann, wir könnten aber trotzdem Freunde sein.

»Mal sehen«, sagt er und legt auf.

Ich bleibe sitzen, den Hörer in der Hand, und zähle: einundzwanzig, zweiundzwanzig, dreiundzwanzig ... In der vierten Sekunde ruft er wieder an und sagt also-okay und dann-bis-morgen.

Ich zupfe mir die Augenbrauen. Jeder Ruck mit der Pinzette ist so schmerzhaft, dass mir die Tränen kommen. Geschieht mir recht. Kalle Mattsson. Vor dem ganzen Dorf. Ich zupfe heftig mit der Pinzette, erwische zu viele Haare und in der linken Braue entsteht ein Loch.

»Bitte sehr, jetzt bist du nicht nur eine Schlampe«, sage ich dem Spiegelbild. »Jetzt bist du auch noch eine Spasti-Schlampe.«

»Cooles Fest am Samstag, oder?«
Jenni hält mich im Flur auf, lächelt verschmitzt und kneift mir in den Arm.
»Hab gehört, du hast jemand aufgerissen.«
»Also, das war …«
»Kalle ist gut«, sagt sie. »Wenn du verstehst, was ich meine.«
Ich verstehe überhaupt nicht, was sie meint, und sage nichts.
»Sag mal, wie bist du eigentlich drauf?«, sagt sie.
»Muss jetzt los«, sage ich. »Mathe.«

Am Montagabend ruft John an. Wir unterhalten uns über alles Mögliche. Über die Schule und seine Prüfungen und meine Tests, darüber, dass er einen Extrajob sucht, über Martin und Emma, über alles, worüber man reden kann, wenn man eigentlich etwas ganz anderes sagen will.
»Und wie war's in der Scheune?«, fragt er schließlich.
»Wie immer, nett.«
»Wer war alles da? Außer Martin und Emma und so, meine ich.«
»Na, alle eben. Felix auch.«
»Felix der Picklige! Der ist in Ordnung, grüß ihn von mir. War er betrunken?«
»Mhm, ein bisschen, glaube ich.«
»Und du?«
»Es geht so.«
»Und Kalle?«

Er spricht den Namen irgendwie anklagend aus, nur zwei Silben, doch in die legt er sämtliche angehäuften Enttäuschungen der Welt. Es ist wie damals, als ich klein war und Mini-Felix dazu verführt hatte, Blasentang zu essen. Als Mama dahinterkam, geriet sie außer sich und schrie: »So was tut man doch nicht, begreifst du das nicht, du musst doch ein braves Mädchen sein!«, und ich traute mich nicht, auch nur Pieps zu sagen, traute mich nicht einmal zu weinen, aber eins begriff ich, ich hatte etwas ganz, ganz Schlimmes angestellt und jetzt würde Felix wahrscheinlich sterben, und das wäre dann meine Schuld, und Mama und alle anderen würden mich hassen.
Genau so fühlt es sich jetzt an. Es ist meine Schuld und John und alle anderen hassen mich.
Schließlich flüstere ich nur »Weiß nicht«, doch da hat er bereits aufgelegt.

Das-was-passiert-ist-kann-nicht-passiert-sein-denn-so-was-tue-ich-nicht-und-wenn-ich-das-getan-habe-dann-kann-das-nicht-ich-gewesen-sein.

Emma ruft an und erzählt, dass John da gewesen ist.
»Martin hat es ihm erzählt, nur damit du es weißt.«
»Ja, er hat angerufen.«
»Das tut mir leid. Aber was hätte ich tun sollen?«
»Du kannst nichts dafür.«

Tor ruft ebenfalls an. Er ist vergnügt und munter.
»Ich kapier nicht, dass ich das am Samstag nicht mitgekriegt hab, also tatsächlich Kalle, der Bauer? Das ist ja fantastisch!«
»Ich würde eher sagen, alles andere als fantastisch!«
»Mensch, reg dich ab. Das hier ist das Beste, was im ganzen Jahr passiert ist, du bist die größte Komikerin, die ich kenne!«

Kalle ruft nicht an. Zwar hab ich ihm meine Nummer nicht gegeben, aber wenn er es wirklich wollte, wäre es ja das Einfachste auf der Welt, die herauszufinden. Sage mir, gut, dass er das bleibenlässt. Vermeide sämtliche Gefühle.

Ich träume, dass er Kalles Lippen hat und Danijels Hände, aber kein Gesicht. Dann wache ich auf, weil ich pulsiere, bleibe still liegen und zwinge mich dazu, das Periodensystem aufzuzählen, bis es vorbei ist und ich wieder einschlafen kann.

Tor und ich gehen auf dem Weg zur Turnhalle an der Raucherbank vorbei. Ein Mädchen mit Sonnenbrille und nachlässig hochgesteckten Haaren sitzt auf Danijels Schoß und lacht übertrieben laut. Ich frage, ob das Maja ist.

»Nein, warum?«, sagt Tor.

»Nur so.«

»Abbas sagt, Danijel schläft immer noch in der Gegend herum.«

»Der ist doch voll gestört.«

»Was denn? Ist da was, oder wie?«

»Ich finde bloß, wenn man mit jemand zusammen ist, sollte das irgendwas bedeuten.«

»Bei diesem Kostümfest ist was passiert, hab ich Recht?«

»Nein.«

»Du hast also nicht mit Danijel in einer Abstellkammer rumgemacht?«

»Wovon redest du?«

Tor zuckt die Schultern und sagt, das sei nur etwas, das er gehört habe. Ich bemerke, man höre nicht einfach irgendwelche Sachen, irgendjemand müsse diese Sachen auch sagen, damit man sie hören kann.

»Aber ist doch egal, wenn es sowieso nicht stimmt«, sagt er.

»Ist kein bisschen egal, dass jemand herumläuft und so eine Menge Scheiße verbreitet, die nicht stimmt.«

Danach reden wir stundenlang nicht miteinander. In der letzten Stunde schickt Tor mir einen Zettel, auf dem steht, es sei Danijel gewesen, der das erzählt hat, und niemand sonst habe das gehört. »Tut mir leid. Verspreche, nie mehr auf sein Gelaber zu hören. Sind wir wieder Freunde?«, schreibt er. Ich antworte: »Okay«, und schäme mich, weil er derjenige ist, der sich entschuldigt, obwohl ich diejenige bin, die gelogen hat. Dann beiße ich aus Versehen so fest auf den Stift, dass ich den ganzen Mund voller Bleistift kriege und auf die Toilette muss, um ihn auszuspülen. Als ich zurückkomme, schreibe ich: »PS: Können wir trotzdem noch Freunde sein, auch wenn es stimmt?«, und schiele verstohlen zu Tor hinüber, als er den Zettel auffaltet und liest. Er nickt und schickt mir ein breites Lächeln, als wäre es selbstverständlich, eine idiotische Schlampe als Freundin zu haben.

Wir sind im KM. Alles ist wie immer. Caffè Latte für Emma, heiße Schokolade für mich, normaler Kaffee für Tor. Martin ist unterwegs, er wird wie immer Cola kaufen und schnell austrinken. Am Nachbartisch spielen sie Karten, andere büffeln oder unterhalten sich nur.

»Wenn nicht bald was Spannendes passiert, dreh ich echt durch«, sagt Emma. »Wir hocken immer bloß hier herum und schimmeln vor uns hin.«

»Was soll denn passieren, deiner Meinung nach?«, frage ich und denke, für meinen Teil darf gern eine Weile nichts mehr passieren.

»Egal was.«

Da schießt Tor blitzschnell nach vorn, greift Emmas Tasse, öffnet das Fenster und leert sie aus. Gefühlt sind es viele Minuten, bevor ein Wahnsinnsgebrüll aus der Raucherclique explodiert.

»Jetzt ist was passiert«, sagt Tor.

Ich lache, bis mir das Kajal in den Augen brennt.

»Ich hasse mein Leben«, sagt Emma.

»Bauern-Kalle oder Danijel?«, sagt Tor. »Und du MUSST wählen.«
»Fies.«
»Okay, wenn du nachher ins Harrys mitkommst, erlasse ich dir die Entscheidung.«
Den ganzen Abend kabbeln wir uns schon deswegen – Harrys oder das Bistro. Harrys ist billiger, aber das Bistro hat eine bessere Tanzfläche. Außerdem ist die Chance größer, dass John dort ist, und ich möchte ihn sehen. Auch wenn er nie mehr mit mir reden will, möchte ich ihn wenigstens sehen. Das heißt, wenn wir überhaupt irgendwo reingelassen werden.
»Danijel«, sage ich. »Wenn ich schon wählen muss.«
»Sieht eigentlich nicht so aus, als ob du das müsstest«, bemerkt Tor.

Heute sind die Türsteher nett, wir werden eingelassen und treffen Emma und Martin an der Bar. Ich bestelle Mineralwasser. John ist nicht da.
»Und Danijel offenbar auch nicht«, flüstert Tor.
Ich knuffe ihn mit dem Ellbogen und sage, dass ich ihn hasse. Sie spielen dänischen Techno, Emma schreit »Scheißmusik«, aber ich zieh sie mit auf die Tanzfläche.
»Das hier ist doch großartig!«, sage ich. »Warum gefällt dir das nicht?«
Wir tanzen übertrieben affektiert, hampeln herum und verziehen die Gesichter, dann fange ich an auf Dänisch zu sin-

gen: »Ich liebe dich, ich seh dich vor mir, obwohl ich deinen Namen nicht kenne.«

»Ich liebe Dänisch, ich will Dänin werden!«, verkünde ich dann.

»Du spinnst.«

»Hey, du aber auch!!«

Ein schmächtiger Typ mit Schnauzer tanzt heran, er ist mindestens 25 und schließt beim Tanzen die Augen, vielleicht in der Hoffnung, die Musik werde ihn ganz in Besitz nehmen, wenn er nur alle anderen Eindrücke ausschließt. Er umkreist uns immer wieder, dann kommt er näher und tanzt dicht um Emma herum, legt die Hände auf ihre Hüften und presst seinen Schritt an ihren Hintern. Ich signalisiere »Perversling«, sie lächelt und tanzt im Takt, bis seine Hände nach oben wandern und ihre Brüste streifen. Da befreit sie sich, immer noch tanzend, und begegnet meinem Blick. Ich trete auf den Typ zu und lege ihm die Hand auf die Brust.

»Lust auf was Wildes?«, frage ich.

Zuerst starrt er mich bloß dämlich an, doch dann lächelt er und nickt. Ich lasse meine Hand sachte abwärtsgleiten.

»Ehrlich?«, sage ich.

Inzwischen nickt der Typ noch intensiver. Er hebt die Hände und legt sie auf meine Schultern, aber ich schüttle sie ab, lächle und streichle seine Brust mit beiden Händen.

»Du kommst mir echt wild vor«, sage ich und beuge mein Gesicht zu ihm vor.

Er riecht nach Bier und Pfefferminz. Hat das Vorglühen wohl mit Zähneputzen abgeschlossen. Bestimmt hat er gehört, sonst dürfe man nicht knutschen.

»Ja«, sagt der Typ. »Bin total wild.«
Ich lecke mir die Lippen. Beuge den Kopf leicht zurück, hole aus, spucke und stoße ihn dabei in die Masse der Tanzenden zurück. Er stolpert, findet aber schnell wieder das Gleichgewicht und wischt sich die Spucke mit dem Handrücken aus dem Gesicht.
»Kotzbrocken«, zische ich.
Dann packe ich Emma an der Hand und renne zu den Toiletten, wir drängen uns in der Schlange vor und stürzen in dieselbe Kabine. Kreischen vor Lachen.
»Was hat der sich denn eingebildet? Dass wir mit ihm schlafen wollen, oder was?«, japse ich.
»Hast du gemerkt? Er hatte 'nen Superständer!«
»So ein Loser.«
»Du bist einfach fantastisch«, sagt sie.

In der Garderobenschlange verlieren wir uns aus den Augen, Tor hat meine Marke, und ich stehe fröstelnd im Freien und warte. Als Erste kommt Emma heraus, sie deutet auf den Eingang. Da taucht der Schnauzertyp wieder auf, dicht gefolgt von Jenni. Draußen zieht Jenni ihn hinter den Eiskiosk und presst sich an ihn.
»Perfect match«, sagt Emma.

Mama ruft an und will sonntäglich mit mir plaudern. Sie haben endlich ein neues Sofa bestellt, meine Cousinen haben einen Hund, Kristina auf der Arbeit hat sich den Arm gebrochen und Felix hat versprochen heute zu kochen. Ich sitze auf dem Fußboden, lackiere mir die Zehennägel und gebe an genau den richtigen Stellen »mhm« und »aha« von mir, ohne eigentlich zuzuhören.

»Gestern Abend waren Mattssons hier. Es war richtig nett, nur ein bisschen viel Wein für deinen Vater. Ihm scheint der Kopf heute zu brummen.«

»Mhm.«

»Kalle war auch mit. Man sollte ja meinen, an einem Samstagabend hätte er was Besseres vor, als mit uns alten Leuten rumzuhängen.«

»Aha«, sage ich.

Beiße die Zähne zusammen und hoffe, dass sie nicht hört, wie wild mein Puls rast.

»Er hat nach dir gefragt.«

»Aha«, sage ich noch einmal.

»So, jetzt muss ich aber nach unserem Koch Ausschau halten!«, sagt sie dann.

»Kalle war am Samstag bei uns zu Hause«, sage ich.

»Wie? Was?«, sagt Emma.

»Bei meinen Eltern, mit seinen Eltern zum Abendessen. Er hat nach mir gefragt.«

Emma brüllt vor Lachen und sagt, der sei ja der letzte Hinterwäldler und total von mir besessen.
»Garantiert war er in deinem Zimmer und hat dein Kissen gedüngt.«
»Du hast ein ausgesprochen krankes Hirn.«
»Stimmt«, sagt sie. »Darum erkenne ich andere Psychopathen ja so schnell.«
Dann erklärt sie, sie habe ihre Meinung geändert, es sei eigentlich ganz schlau gewesen, mit Kalle rumzumachen.
»Martin sagt, John hat seither immer wieder nach dir gefragt.«
»Weil er stinksauer ist, natürlich.«
»Blödsinn, das riecht doch kilometerweit gegen den Wind nach Eifersucht.«
Tor mischt sich ein und sagt, Emma und ich sollten lieber damit aufhören, immer alles überzuinterpretieren.
»Das bisschen Rumgemache, na und? Was soll der Aufstand? John hat das garantiert auch schon gemacht.«
Da erkläre ich, dass ich lernen muss, und gehe in die Bibliothek. Wir sollen in Geschichte einen Aufsatz schreiben, irgendein Thema aus der Nachkriegszeit. Ich suche in den Regalen, lasse die Hand über die Buchrücken wandern, eine Reihe nach der anderen. Schließe die Augen und atme den Staubgeruch ein. Ziehe dann die dicksten Wälzer heraus, so viele, wie ich tragen kann, und wähle einen Tisch am Fenster. Dann schlage ich die Artikel über Olof Palme auf und sitze zwei Stunden da, ohne etwas zu lesen.

Was er jetzt wohl macht? Liest er *Runner's World* oder sitzt er am Computer und checkt Facebook? Ist Martin bei ihm oder ist er allein? Und wenn er nicht allein ist und Martin nicht da ist, mit wem ist er dann zusammen? Mit einem anderen Mädchen?

Vielleicht.

Nein. Kein anderes Mädchen.

Simse: »Geht's dir gut?« Bekomme keine Antwort.

Und sofort tauchen diese Bilder wieder auf: seine Lippen auf anderen Lippen, seine Schenkel zwischen anderen Knien, seine Finger, die über einen anderen Rücken wandern.

Nein. Das kann nicht sein. Niemals.

Ich hatte eine Phase, da hab ich immer nur Füße fotografiert. Weiche Babyfüße, haarige Männerfüße, verformte Mamafüße und rotnäglige Emmafüße. In einer Schachtel unterm Bett finde ich den Ordner und das muss das widerlichste Album sein, das ich je gemacht hab. Sogar das Bild von meinen kleinen Füßen zwischen Johns großen Füßen ist scheußlich. Obwohl er damals fand, das sei das beste Bild, das ich je gemacht hätte.

Er mochte fast alle meine Nahaufnahmen. Aber vor allem dieses Fußfoto.

Ich lege den Ordner auf den Wegwerf-Haufen und tue so, als würde ich das alles morgen tatsächlich zum Papiercontainer bringen.

Die Tage sind okay. Sogar gut. Ich gehe in die Schule, mache mir im Unterricht meine Notizen und albere in den Pausen mit Tor herum.
Die Abende funktionieren auch. Geh mit Emma und Tor ins Café oder joggen. Mache mir irgendein Gericht in der Mikrowelle warm und esse vor dem Fernseher. Sitze am Computer, bearbeite Fotos. Bin beschäftigt.
Aber die Nächte. Kaum habe ich die Leselampe gelöscht und mir die Decke über die Schultern gezogen, ist es wieder da. Das Loch im Bauch und die Einsicht, dass es tatsächlich möglich ist: John kann mit einer anderen zusammen sein.

Tor hat ein Mädchen getroffen. Sie heißt Ylva, hat kurze schwarze Haare und eine gepiercte Augenbraue. Sie haben sich an einem stinknormalen Dienstag im KM kennengelernt, er hat einen Witz nach dem anderen gerissen und sie machte vor Lachen und zu vielen Tassen Kaffee fast in die Hose.
Das war am selben Tag, als ich Danijel mit dieser Maja sah. Er hielt ihre Hand und sie war hübsch. Ich bekam die totale Panik und lief schnell in die Apotheke, um ihnen nicht begegnen zu müssen. Dort versteckte ich mich mindestens eine Viertelstunde lang hinterm Intimregal, bevor ich mich hinaus traute und nach Hause radelte.
Jetzt trifft mich Danijels Blick überm Spind. Er lächelt und ich erwidere sein Lächeln. »Abbas sagt, Danijel schläft immer noch in der Gegend herum.« Heftig schlage ich die Spindtür zu, schließe ab, renne hinter Tor her und hake mich bei ihm unter.
»Erzähl mehr über Ylva.«
»Sie ist krass cool, echt der Wahnsinn.«

Ich frage Emma: »Hast du mit John gesprochen? Hat er wieder nach mir gefragt?« Sie antwortet Ja und Nein.

»Worüber habt ihr dann geredet?«

»Über nichts Besonderes.«

»Kannst du Martin nicht mal fragen?«

»Doch, vielleicht. Aber er erzählt mir ja auch nicht alles.«

»Wieso? Da ist doch irgendwas, oder?«

»Nein, ehrlich nicht!«

John ruft an. Nach zwei Wochen. Ich hab fast täglich gesimst, nur kurze »Tut mir leid«- und »Geht's dir gut?«-Nachrichten und »Hast du Lust, mal einen Kaffee trinken zu gehen?«. Ein paarmal hat er geantwortet, meistens aber nicht.
Und jetzt ruft er an, um mir zu sagen, es sei besser, wenn wir eine Zeit lang nicht telefonieren.
»Alles wird nur viel schwieriger, wenn wir miteinander reden.«
»Dann sollten wir den jetzigen Zustand vielleicht lieber ändern«, schlage ich vor.
»Es muss aber so sein.«
»Muss, das bestimmt man doch selbst.«
»Olivia, hör auf. Ich halt das nicht aus.«

Ich sitze im Bus. Wenn ich hinausschaue und das Brückengeländer sehe und merke, wie Laternenpfähle, Autos und Wellen immer mehr verschwimmen, geht es mir gleich besser. Es ist, als bräuchte ich nicht zu denken, solange ich unterwegs bin; solange der Bus fährt und ein Ziel hat, brauche ich selbst keins zu haben. Solange ich eventuelle »Was machst du?«-Fragen mit »Bus fahren« beantworten kann, brauche ich nichts zu erklären, nichts zu denken, nichts zu fühlen und nicht einzusehen, dass ich jetzt einfach alles ruiniert habe.
Zwei Stunden Verschwommenheit, dann muss ich aussteigen. Meine Eltern fragen nichts. Mama bezieht mein Bett frisch und Papa umarmt mich. Dann schlafe ich ein.

Papa weckt mich und sagt, er könne mich zur Bushaltestelle in Borgholm fahren. Der Regen schlägt ans Fenster und das Meer heult im Sturm.
»Wenn wir jetzt fahren, kommst du fast rechtzeitig zur ersten Stunde.«
Ich nicke und denke, ich mag Regen, komisch, dass ich nie gemerkt hab, wie schön es klingt, wenn er auf die Terrasse plätschert.
»Vielleicht kannst du es dir jetzt nicht vorstellen, aber am besten, man versucht so weiterzumachen wie immer«, sagt Papa.
Ich weiß nicht mehr, was das ist, »wie immer«, lüge und behaupte, wir hätten sowieso den Vormittag frei und ich könne den Zehn-Uhr-Bus nehmen.
Frühstücke Joghurt mit Heidelbeerkompott. Putze die Zähne. Dusche. Lege meine Kleider in die Wäsche und suche im Schrank nach Notklamotten. Wähle das rosa Sommerkleid und leihe von Mama eine lila Strumpfhose. Dazu Gummistiefel und roter Regenmantel.
Als ich in den Spiegel schaue, wirke ich wie eine Fünfjährige, die ihre Garderobe zum ersten Mal selbst hat aussuchen dürfen.
»Ich fahre dich trotzdem«, sagt Papa und drängt sich in mein Spiegelbild.
Er trägt Ölzeug, hat eine dunkelblaue Mütze auf und Reste von Kautabak an den Vorderzähnen.

»Du und ich, wir sind hart im Nehmen«, sagt er. »Red dir nur nichts anderes ein.«
Dann verwuschelt er mir die Haare.
In der Schule lasse ich den ganzen Tag die Gummistiefel an, und als es zwischen den Zehen schweißklebrig wird, finde ich das eher witzig als schmuddelig.

»Aber was ist mit Tor?«, fragte er. »Irgendwann muss da doch was gelaufen sein.«

John wollte alles über meine Exfreunde wissen. Als ich sagte, da gäbe es keine, sagte er, das sei unmöglich. Das war gegen Ende des ersten Sommers und insgeheim weinte ich jeden Tag heimlich, weil ich davon überzeugt war, dass er sofort Schluss machen würde, wenn er wieder in Kalmar wäre.

»Versprich, dass du mich nie betrügst«, sagte er.

Emma durchwühlt die Körbe mit den Stoffen, sucht systematisch nach irgendwas-das-zu-was-Schönem-werden-kann.
»Stell dir starke Farben vor«, sagt sie. »Ich glaub, es wird ein Winter, in dem wir auffallen wollen.«
Ich gehe zu einem Regal, das mit alten Vorhängen vollgestopft ist, wende die Bündel halbherzig hin und her und vergleiche Braun und Beige, weil Emma mir beigebracht hat, dass sich überall verborgene Schnäppchen verstecken können.
»Und was kann er damit wohl gemeint haben?«, sage ich.
»Dass wir nur jetzt gerade nicht telefonieren sollen oder dass wir nie mehr telefonieren sollen? Was meinst du?«
»Jetzt gerade, natürlich«, sagt sie. »Wie findest du das hier?«
Sie hält ein Stück dunkelblauen Cordsamt hoch, mit blassrosa Miniröschen gemustert. »Schön«, sage ich.
»Ich stell mir ein kurzes, enges Kleid vor und dazu gestrickte Leggings. Perfekt zu deinen Converse.«

Ich sitze wieder an meinem Palme-Aufsatz, habe eine Menge loser Notizen, aber keine Ahnung, wo ich anfangen soll. Fingere am Handy herum und gebe aus alter Gewohnheit ein »Hallo« ein, bevor mir einfällt, dass ich das nicht darf. Überlege, ob ich seine Nummer löschen soll, als stille Rache. Aber ich kann die Nummer auswendig und werde sie nie vergessen können. Versuche stattdessen an Palme zu denken, halte aber plötzlich wieder das Handy in der Hand. Werde so frustriert, dass ich schließlich in die Kochnische gehe und das blöde Ding im Kühlschrank einsperre. Öffne Word und speichere ein leeres Dokument als »palme.doc«. Komme mir richtig tüchtig vor.

Tor ruft an und fragt nach meiner Größe.

»In was?«

»Unterwäsche natürlich.«

»Das geht dich doch gar nichts an.«

»Ist mir ehrlich gesagt scheißegal, was für eine Größe du hast, aber ich möchte ein Geschenk für Ylva kaufen und sie ist ungefähr so groß wie du. Hat bloß ein bisschen größere Brüste.«

»Hast du etwa unsere Brüste verglichen?«

»Na klar.«

»Ist ja widerlich.«

»Hör auf. Also, willst du mir helfen oder nicht?«

»Jaja.«

Ich setze die Mütze auf, die Mini-Felix mir in der Sechsten im Handarbeitsunterricht gestrickt hat. Stelle mich vor den Flurspiegel und ziehe sie mir bis über die Augenbrauen. Meine Augen haben immer noch genau die gleiche Nuance wie das wollige Blau, glänzen momentan aber verdächtig stark.

Um die Wahrheit zu sagen, bin ich ein schlechter Freund. Ich versuche mir zu sagen, dass es nur gerecht ist. Versuche mir klarzumachen, dass ich jetzt mit Alleinsein dran bin und Tor mit Glücklich-Verliebtsein an der Reihe ist. Ich versuche »endlich« zu denken und mich für ihn zu freuen. Aber ich war nicht darauf vorbereitet und hab nicht gewusst, dass es so wie jetzt werden kann. Ich hab nie für möglich gehalten, dass ich eine verkrachte Single-Existenz werden könnte, Tor dagegen eine Freundin hat. Das ist die Wahrheit.

Dann sage ich laut: »Scheiß drauf!«, strecke dem Spiegelbild die Zunge aus und beschließe, mit diesen idiotisch egoistischen Gedanken aufzuhören und einfach der Kumpel zu sein, den Tor verdient hat.
Übrigens wird die Geschichte sicher nicht lange halten.

Wir treffen uns vor der Wäscheabteilung und ich umarme ihn. Tors Fragen sind so technisch, dass es fast selbstverständlich wirkt, Slips zu vergleichen und die verschiedenen BH-Modelle zu erklären.
»Du willst damit also sagen, ihr habt eingenähte Kissen, damit sie größer wirken?«
»Ich sage nur, das kann man haben. Wenn man will.«
»Das ist doch Beschiss. Wie sollen wir uns jemals auf irgendwas verlassen können, wenn ihr solche Sachen macht?«
»Wenn ihr nicht so total tittenfixiert wärt, hätten wir das vielleicht nicht nötig.«
»Das hat nichts damit zu tun.«
Ich nenne ihn sexistisches Machoschwein und er stimmt zu, sagt aber, daran sei die Gesellschaft schuld und jetzt gerade könne er leider nicht allzu viel dagegen tun. Er wolle nur ein Geschenk für eine Person kaufen, die er gernhabe. Schließlich gelingt es mir, ihn dazu zu überreden, Weiß statt Schwarz zu wählen und Boxershorts statt Strings.
»Und bist du sicher, dass sie mich jetzt nicht für einen frommen Christen halten wird?«, fragt er.
»Ganz sicher.«

Jenni simst, ob ich Bock auf Party hätte. Ich antworte: »Jetzt?«, und sie: »Jederzeit, immer«, und ich schreibe: »Später«. Weiß, dass ich mich herausreden werde, falls sie noch einmal fragt.

Wir sind in meiner Wohnung und versuchen Physik zu lernen. Es ist unmöglich, ich kapiere keine einzige Formel, und Tor sitzt vor allem da und kritzelt groteske Männchen. Als sein Handy piepst und er die SMS beantwortet, gebe ich auf und mache die Glotze an. Wird besser sein, morgen eins der Superhirne aus der Klasse um Erklärungen zu bitten.

»Nachher kommt Abbas vorbei und bringt seine Notizen mit«, sagt Tor.

Schon fünf Minuten später läutet es an der Tür. Danijel ist auch dabei, sie kommen beide herein.

Abbas fängt an uns die Formeln zu erklären, während Danijel sich auf mein Sofa fallen lässt. Er scheint sich wie zu Hause zu fühlen, fläzt sich ohne meine Erlaubnis einfach in die Kissen. Greift nach der Fernbedienung und wechselt den Sender, durchblättert ein Fotoalbum.

»Ihr kennt doch Jenni, oder?«, sagt er.

Ich zucke die Schultern und Tor antwortet: »Warum?«, da erklärt Danijel, sie sei hübsch.

»Aber sie hat Chlamydien«, sagt Abbas.

»Na und? Hab bloß gesagt, dass sie hübsch ist.«

Dann legt er das Album aus der Hand und nimmt eine Teelichtlaterne vom Couchtisch. Sie ist blau und herzförmig, eigentlich ziemlich scheußlich, aber John hat sie mir geschenkt und Danijel hat nicht das Recht, an ihr herumzufummeln.

Ich hasse es, dass er erstarrtes Wachs abkratzt und zwischen den Fingern rollt, hasse es, dass er daherredet, als würde es irgendeinen Menschen auf der Welt interessieren, was er zu sagen hat.

John hat nie nur »Schatz« gesagt, er sagte immer »mein Schatz«. Das erfüllte mich auf eine Art mit Stolz, die ich bisher noch nie gekannt hatte.

Danijel hat es aufgegeben, mich »Hübsche« zu nennen. Ich weiß nicht, wann das passiert ist, und weiß auch nicht, was das zu bedeuten hat. Alle anderen behandelt er wie immer, da heißt es »Baby« und »Hey, Sexy« in alle Richtungen. Aber zu mir sagt er nur: »Hallo Olivia.« Vielleicht weil er verhindern will, dass ich mir was einbilde. Oder weil er unterstreichen will, dass zwischen uns was Besonderes ist, dass ich nicht so bin wie die anderen.

»Ich glaube, du denkst vielleicht ein klein bisschen zu viel«, sagt Tor.

»Eher, ich fühle zu viel«, sage ich.

»Was soll das heißen? Gefühle für Danijel?«

»Nein. Oder vielleicht. Oder nein, auf keinen Fall. Ich weiß nicht.

»Wow«, sagt Tor.

Emma und ich dürfen Ylva heute zum ersten Mal treffen und Tor zählt uns lauter Redeverbote auf: kein Wort über irgendwelche Knutschereien und peinlichen Trinkgeschichten. Keine Kindheitserinnerungen auftischen, zum Beispiel, dass er sich vor Ameisen fürchtete und Limo verabscheute, weil sie in die Nase stach, oder dass er sich in Heimatkunde einmal die Hosen vollmachte.

»Und auch nichts über Operation Vogelkacke. Das müsst ihr versprechen.«

Emma verdreht bloß die Augen, aber ich verspreche es für uns beide. Keine dussligen Geschichten, Ehrenwort.

Ylva trifft uns beim Hallenbad, wir begrüßen uns höflich und Tor wird verlegen, aber stolz, als sie ihn vor unseren Augen küsst. Ich fühle mich wie eine verklemmte ältere Schwester. Emma fragt, wo Ylva ihre coole Tasche gekauft hat, und schon sind sie dicke Freundinnen. Dann fahren wir zu mir nach Hause. Tor und ich radeln ein Stück voraus, und als ich ihm »süß« zuflüstere, scheint er sich zu entspannen.

Emma sucht einen ungefährlichen Film aus, in dem Sandra Bullock eine bitchige Chefin ist und ihren Assistenten zwingt so zu tun, als wäre er ihr Boyfriend. Tor und Ylva sitzen auf dem Sofa, die Arme umeinandergelegt. Emma und ich liegen bäuchlings vor ihnen auf der Matratze. Als Sandra anfängt mit der Oma des Typen pornomäßig zu tanzen, klingelt Emmas Handy, sie drückt auf Pause und geht in den Flur, um zu reden. Ich rolle mich auf den Rücken, worauf Tor sich schnell ein Kissen auf den Schoß legt. Ich unterdrücke mein Lachen.

»Du bist doch mit diesem langen Typ zusammen, der immer ins Fitness geht?«, fragt Ylva.

»Das ist vorbei«, antworte ich.

»Aha, dann verstehe ich«, sagt sie.

»Was denn?«

»Ach was, nichts.«

Emma kommt zurück. Sandra tanzt zu Ende und verliebt sich schließlich in den Assistenten.

Natürlich quetsche ich Tor nach dieser »Ach was, nichts«-Geschichte aus, aber er behauptet keine Ahnung zu haben.
»Du musst sie danach fragen!«
»Mal sehn.«
»Mann, die weiß doch etwas. Du musst sie fragen.«
»Also, ich muss ehrlich gesagt gar nichts.«

Ich träume wieder von Danijel.
Manchmal, in langweiligen Unterrichtsstunden oder vor dem Einschlafen, benütze ich die Träume. Vertausche Danijel mit John und stelle mir jede noch so kleine Einzelheit vor, erlebe die Wärme und das Prickeln aufs Neue.

Ylva, Tor und ich gehen ins KM. Es ist voll, aber Danijel und Abba haben einen eigenen Tisch und rufen uns zu sich her. Ich lande neben Danijel. Er legt den Arm über die Stuhllehne hinter mir und ich tue so, als würde ich die Karte studieren, bis mein Gesicht nicht mehr so brennt. Bestelle Tee und fülle zwei Mal heißes Wasser nach, während die anderen über Rugbyfeste und selbst gebrannten Schnaps quatschen. Dann muss ich pinkeln.

Als ich aus der Toilette komme, steht Jenni in der Schlange, sie kommt frisch vom Friseur, alles Schwarze ist von blonden Haarstoppeln ersetzt. Sieht echt beschissen aus.

»Cool«, sage ich und deute mit dem Kopf auf ihr Haar.

Oder auf das, wo ihr Haar sonst immer war.

»Also, das war nicht so geplant, bin kollabiert, und als ich aufwachte, waren meine Haare voller Kaugummi.«

»Übel.«

»Für den Typ mit dem Kaugummi war's schlimmer, du hättest sein Gesicht sehen sollen, als ihm aufging, dass er seine drei kläglichen Brusthaare würde abrasieren müssen!«

Sie lacht laut über sich selbst und ich lächle ein wenig dazu.

»Und wie läuft's denn so bei dir?«, fragt sie dann. »Hast du jemand zum Vögeln oder so?«

Ich schüttle den Kopf.

»Nicht mal Danijel?« Sie nickt zu unserem Tisch rüber. »Der ist doch heiß, läuft da wirklich nichts mit euch?«

»Wirklich nicht«, sage ich.

Später gehe ich in die Bibliothek, um noch mehr für das Geschichtsprojekt zu recherchieren, bleibe aber bei den Fotobüchern hängen. Als ich rausgehe, stoße ich wieder auf Jenni. Wir gehen zusammen weiter. Der Wind bläst so heftig, dass der Regen uns direkt ins Gesicht klatscht.
»Ich halte diese verpisste Stadt nicht mehr aus«, sagt sie.
»Scheißwetter gibt's doch überall«, wende ich ein.
»Ich hab vielleicht nicht so sehr ans Wetter gedacht.«
Sie sieht mich an, als wär ich ein unvernünftiges Kind.
»Es ist einfach zu klein hier«, fährt sie fort. »Die Leute reden zu viel Mist.«
Ich möchte ihr sagen, besser als Byxelkrok ist es allemal, und übrigens hat sie nur noch ein halbes Jahr bis zum Abi. Für mich ist es schlimmer, ich bin ein Jahr jünger. Und bin unglücklicher.
»Wie machst du das nur?«, frage ich.
»Was denn?«
»Na ja, mit all den Jungs. Was machst du, um nicht traurig zu werden?«
»Wie kommst du auf die Idee, dass ich nicht traurig werde?«
Ich beiße mir auf die Lippe und schaue auf den Boden, laufe im Zickzack zwischen den Pfützen, obwohl meine Schuhe schon durchnässt sind. Sie stupst an meine Schulter und zwingt mich aufzuschauen.
»Genau das meine ich«, sagt sie. »In dieser Stadt wird so viel gelabert. Aber ich hab geglaubt, dass du vielleicht nicht darauf hörst.«
Und da denke ich, das hier ist doch dieselbe Jenni, mit der ich vor hundert Jahren gespielt hab, dieselbe Jenni, die mir bei-

gebracht hat, wie man taucht, ohne sich die Nase zuzuhalten, und dieselbe Jenni, die sich die spannendsten Anschleichspiele auf dem Campingplatz ausdachte. Ich schäme mich. Aber trotzdem. Menschen ändern sich und Gerüchte entstehen doch nicht aus dem Nichts.

»John kommt auch, vielleicht ist es besser, wenn wir uns erst morgen treffen?«, sagt Emma.
Es ist Freitag und sie wollen bei Martin Filme gucken. Ich rufe Tor an.
»Weißt du, dass sich jede zweite Frau mit Essen tröstet, wenn sie deprimiert und traurig ist?«, sage ich. »Das steht in der Zeitung.«
»Gute Zeitung. Magst du herkommen? Ich kann Popcorn machen.«

»Er hat jemand kennengelernt, stimmt doch, oder?«
»Ja, glaube schon«, sagt Tor.
»Ist sie hübsch?«
»Nicht besonders.«
Schweigen.
»Alles in Ordnung mit dir?«, fragt Tor.
»Nein.«
»Das ist bestimmt nichts Ernstes.«

Ich dränge Emma nicht, mir Einzelheiten zu erzählen. Ich will testen, wie lange sie es für sich behalten will.
Aber vor allem, weil ich nichts wissen will. Eine-nicht-besonders-Hübsche ohne Namen ist fast erträglich. Solange ich nicht mehr weiß, ist es fast möglich, die Augen zu schließen, ohne seine Nase in ihrem Haar zu sehen.

Eines Abends lag Papa auf dem Bett und sagte, er habe Schmerzen in der Brust.
»Nichts Schlimmes«, sagte er. »Das geht vorbei.«
Dann kam der Krankenwagen und sie trugen ihn auf einer Trage hinaus. Mama fuhr mit.
»Stirbt Papa jetzt?«, fragte Felix.
»Nein, Väter sterben nicht«, sagte ich.
Wir durften bei Tor zu Hause übernachten, am Abend spielten wir Memory und ich fand es nicht gut, dass die anderen lachten, wo doch unser Papa krank war. Dann rief Mama an und teilte mit, alles sei in Ordnung, es sei nur Stress gewesen.
Am nächsten Morgen saß Papa in der Küche und trank Kaffee. Er zog uns zu sich auf den Schoß und erklärte, er habe etwas Wichtiges zu sagen.
»Ich habe gelernt, dass man manchmal weinen muss«, sagte er.
Da fragte Felix, warum, und ich sagte, er sei klein und dumm, obwohl ich auch nichts verstand.
»Wenn man nicht weint, obwohl man traurig ist, kann all das Traurige irgendwie in einem steckenbleiben, und das tut dann sehr, sehr weh«, sagte Papa.

Wir lernen wieder Physik, aber diesmal richtig. Emma ist auch da und erklärt es uns. Tor und ich stöhnen abwechselnd ich-kapier-das-nicht, bis es ihr zu blöd wird und sie eine Essenspause verlangt. Tor öffnet den Kühlschrank und entdeckt das Dosenbier.

»Ha, natürlich brauchen wir ein Bierchen zum Essen. Das haben wir uns verdient.«

Also trinkt jeder ein Bier. Und dann noch eins.

»Das artet ja zu 'ner richtigen Party aus hier«, stellt Tor fest. »Bloß mit krass schwacher Beteiligung seitens der Bevölkerung!«

Er ruft Martin an.

»Hallo, wo steckst du? Bei uns steigt ein Fest!«

Genauso mit Ylva, Jenni und Abbas.

»Danijel auch«, sagt Tor. »Ohne Danijel kein Fest.«

Ich nicke und sage »Genau«, ohne Danijel will ich nämlich tatsächlich nicht feiern.

Abbas bringt Rotwein mit, alle anderen haben Bier dabei. Wir drehen Beyoncé auf volle Lautstärke, blödeln und tanzen und singen mit.

Und die ganze Zeit ist Danijel da, ganz nah. Es ist, als würden wir ein geheimes Spiel spielen, ein Spiel, das Immerzu-Berühren heißt. Seine Hand an meinem Arm, meine Schulter an seinem Brustkorb. Sein Atem in meinem Haar. Aber verstohlen, niemand sonst merkt etwas. Ich schau ihn nicht mal an, glaube nicht, dass er mich ansieht. Ich lächle und rede, als wenn nichts wäre, kann aber nicht aufhören ihn zu berühren. Darf nicht, will nicht, kann es nicht lassen, so zu gestikulieren, dass mein Handrücken seinen Arm streift. Will noch mehr spüren. Und das alles knistert total lautlos, meine ganze Welt ist kurz vorm Explodieren und ich weiß, dass seine Hände jetzt in jeder Sekunde auf meinen Hüften landen können und meine Arme um seinen Hals, und das soll jetzt, jetzt, jetzt sofort passieren, aber gleichzeitig bitte noch lange nicht, denn wenn es passiert, dann ist dieser Augenblick vorbei.

Irgendwann landen wir im Treppenhaus, nur wir zwei, weil er gesagt hat, er will mir was zeigen. Ich stehe unnötig nah und er rückt noch näher.

»Und Maja?«, frage ich.

»Ich kenne keine Maja.«

Er küsst mich. Oder vielleicht bin ich diejenige, die ihn küsst. Wir bleiben lange draußen, und als wir wieder reinkommen, sind die anderen gerade am Aufbrechen.

»Wir haben uns gedacht, ihr wollt nicht gestört werden.«

Ich tu verständnislos, aber als Danijel seine Schuhe anzieht, krieg ich die Panik, verstecke seine Jacke in der Dusche und suche eifrig mit, bis die anderen fort sind. Ich küsse ihn und sage, er soll doch bleiben.

»Draußen ist es echt kalt.«

Seine Hände sind überall und genau so will ich es haben, und meine Hände wollen auch überall an ihm sein. Er streift mir den Top ab, die Jeans, den BH, den Slip, und ich reiße ihm alles vom Leib, lass ihn meinen Schenkel streicheln, innen, er

kitzelt mich und streichelt fester und gleitet mit dem Finger hinein und dann mit zwei Fingern, ich stöhne und er küsst mich noch einmal und keucht, und ich presse mich an ihn, immer fester, und er sagt, dass ich super bin, und ja, ich bin super, er ist super, alles ist super.
Hinterher denke ich an John.
Hoffentlich erfährt er das, denke ich, während Danijels Lippen an mein Schlüsselbein gepresst sind. Hoffentlich erzählt Emma es ihm.

Ich wache vor Danijel auf. Muss dringend auf den Topf, trau mich aber nicht, aufzustehen. Trau mich nicht, mich zu bewegen, trau mich kaum zu atmen, trau mich nicht, ihn zu wecken, weil ich keine Ahnung hab, wie ich sein soll und was ich sagen soll, und was ist, wenn er so besoffen gewesen ist, dass er sich an nichts erinnert, oder wenn er sich erinnert und alles bereut? Was ist, wenn er aufwacht und sich daran erinnert, dass er mich eigentlich hasst?
Aber er verhält sich total gut. Er lässt die Hand auf meinem Bauch liegen, er sagt »Guten Morgen«, er küsst mich sogar auf die Wange und fragt, ob ich okay sei. Garantiert will er bloß nett sein, garantiert bereut er es wie verrückt, dass er sich nicht schon heute Nacht verdrückt hat. Ich muss cool sein. Klar bin ich okay, ist ja nicht so, als hätte ich mir einen Arm amputieren lassen oder meinen kleinen Bruder verkauft oder so. Und bereuen tu ich nichts, absolut nicht.
»Also … das war doch bloß ein bisschen Sex.«
Er sieht mich schweigend an und ich denke: »Shit shit shit, jetzt hält er mich für die letzte Schlampe.« Dann lacht er laut.
»Du bist echt unglaublich!«
Und ich kann wieder atmen. Er steht auf, völlig ungeniert, obwohl er immer noch nackt ist. Voller Panik kneife ich die Augen zu, herrje, nicht gucken, nicht gucken, was denkt er dann bloß, herrje, nicht GUCKEN.
Doch dann gucke ich trotzdem, folge seinem Rücken, als er

ins Bad geht, kann nicht aufhören. Denke »sexy, toll«. Nicht so wie John, überhaupt nicht so perfekt. Aber o Mann, so sexy, die Füße leicht nach außen gedreht, Kratzspuren am Rückenende, zu lange Haare im Nacken. Und ja, ja, das alles will ich wieder berühren.

Ich bleibe liegen und höre zu, wie er duscht. Er pfeift und ich denke, komisch, ich hab immer geglaubt, bloß im Kino pfeifen und singen die Leute unter der Dusche. Als er das Wasser zudreht, fahre ich hastig in Slip und T-Shirt und lasse das Rollo hoch. Er kommt aus dem Bad, mein Handtuch um die Hüften, aus seinen Haaren tropft es, und als er sich mit diesem Handtuch abtrocknet, kommt es mir fast noch intimer vor, als dass wir miteinander geschlafen haben.

Wir fahren mit meinem Fahrrad zur Schule. Ich sitze auf dem Gepäckträger, habe die Arme um seinen Bauch gelegt und lehne die Stirn an seinen Rücken, während er von einem Grillfest in den Sommerferien erzählt, von einem Surferkumpel, der über glühende Kohlen gehen wollte, »und wow, hat der sich verbrannt«. Erst als wir kurz vor der Schule sind und der Gestank aus der Schulküche mir in die Nase steigt, wird mir bewusst, was gerade passiert, und da ist es schon zu spät. Ich komme zusammen mit Danijel an – alle, die uns sehen, werden checken, dass er bei mir geschlafen hat, und alle, die das sehen, werden es denen erzählen, die es nicht gesehen haben. Alle wissen, dass Danijel in der Gegend rumschläft, und alle wissen, dass ich das weiß. Und weil ich das weiß und trotzdem tue, was ich heute Nacht getan habe, bin ich selbst schuld, wenn sie sich das Maul zerreißen.

Ich rufe »Halt an«, aber das hört er nicht. Er strampelt weiter, bremst beim Fahrradständer und hat schon »Hallo, Mädels!« zur Raucherbank rübergerufen, bevor ich überhaupt vom Fahrrad gestiegen bin. Ich sage ebenfalls Hallo, werde aber nur stumm angestarrt.

Beim Mittagessen fragt Tor, wie es mir geht. Wir sind zum ersten Mal allein seit heute Morgen, zum ersten Mal hab ich eine Chance, über das, was gestern passiert ist, zu reden.
Ich antworte: »Bin verkatert.«
»Okay, aber abgesehen davon?«
Ich weiß nicht, was ich sagen soll. Dass Danijel geblieben ist, weil ich nicht wollte, dass er geht? Dass wir miteinander geschlafen haben und ich das echt gut fand? Dass es das Schlimmste war, was ich in meinem Leben getan habe, und ich mich so sehr schäme, dass mir der ganze Körper wehtut?
»Alles bestens«, sage ich.
»Na, wenn du das sagst.«

Am Nachmittag hockt die ganze Klasse vor dem Physiksaal im Flur auf dem Boden und wartet. Danijel sitzt mir gegenüber. Würde ich die Beine ausstrecken, könnten meine Schuhsohlen seine berühren. Zum ersten Mal, seit wir in die Schule gekommen sind, wage ich es, ihn anzusehen. Heimlich natürlich. Wenn er spricht, ist es, als würden seine Hände durch den Raum fliegen, und ich muss unwillkürlich daran denken, wie es sich angefühlt hat, diese Hände auf meiner Haut zu spüren. Und als ich das denke, als ich seine Hände sehe und mich daran erinnere, wie er mir über den Rücken gestrichen hat, über die Rippen, über meine Brüste … da steigt ein warmer Kitzel in mir auf. Total ohne Vorwarnung, ohne dass ich gesagt hätte, es ist okay, so was zu fühlen. Scheißkörper.

Nach der Schule gehe ich direkt nach Hause. Kopf, Arme, Beine, einfach alles tut mir weh. Will schlafen, aber kaum lege ich mich hin, werde ich rastlos. Also nehme ich den Fotoapparat, radle nach Stensö und laufe die große Runde. Alles ist oktobergelb und wunderschön, aber ich finde kein einziges Motiv. Später, als es Abend und echte Schlafenszeit wird, bin ich immer noch hellwach und wälze mich hin und her. Das Bettzeug riecht nach Danijel, und obwohl ich es nicht will, denke ich an seine Finger und seinen schnellen Atem, und da ist er fast wieder hier bei mir und ich fange an mich selbst zu streicheln. Hinterher stehe ich auf und stelle mich unter die Dusche, wasche alles von mir ab. Beziehe mein Bett neu. Weigere mich an Danijel zu denken, schlafe aber trotzdem erst viele Stunden später ein.

Wir waren im Sommerhaus von Johns Eltern. John lag auf dem Rücken im Bett und ich hievte mich über ihn. Küsste seinen Hals und seinen Brustkorb, fuhr mit den Lippen über seinen Bauch und Nabel, küsste die letzte Rundung der Rippen und küsste weiter nach unten, abwärts.

»Nein, so nicht«, sagte John und zog mich hoch. »Du bist doch meine Freundin.«

»Mehr ist also nicht passiert?«
»Nein, er ist fast gleich nach euch gegangen.«
Emma sieht mich an. Garantiert leuchten sämtliche Lügendioden an mir auf, sie kennt mich nämlich zu gut, um auf so etwas reinzufallen. Sie sagt aber nichts, nur »Okay, gut«.
Ich stehe auf, stelle das Tablett ins Regal für gebrauchtes Geschirr. Als wir aus dem KM auf die Straße treten, kommt ein heftiger Windstoß und ich zwirble meine Haare schnell zu einem Knoten zusammen. Emma hält mir eine Tüte mit Kaugummis hin, aber ich schüttle den Kopf.
»Übrigens hat er eine Freundin«, sagt Emma.
»Das ist aus«, sage ich.
»Aha?«
»Obwohl das natürlich keine Rolle spielt. Ist ja nichts passiert.«

Versuche dahinterzukommen, nach wem ich mich am meisten sehne – nach John oder nach Danijel. Stelle mir vor, es klingelt an der Tür, ich mache auf und freue mich, als ich ihn sehe. Aber ich weiß nicht, wer er ist. John würde fragen, ob er reinkommen darf, Danijel würde mich schon im Flur küssen. Danijel hätte die Finger in meinem Slip, bevor John auch nur gesagt hätte, ich sei hübsch.

Am selben Abend ruft Danijel an.
»Also, was da bei dir passiert ist«, sagt er. »Kann das vielleicht unter uns bleiben?«
»Logisch«, sage ich.
»Ja, hm, also, weil ich ja eine Freundin hab, und das möchte ich auf keinen Fall vermasseln.«
»Logisch, ist doch klar.«
»Cool«, sagt er.

Wache auf, hässlich und sauer, und der Bauch tut mir weh, weil ich meine Tage krieg. Auf dem Weg zur Schule Gegenwind. Unangesagter schriftlicher Test in Spanisch und ich kann ungefähr eine Vokabel von hundert. Dann laufe ich durch die Flure, mit gesenktem Kopf, und habe das Gefühl, ständig von verstohlenen Blicken und unterdrücktem Kichern verfolgt zu werden. Danijel geht mir natürlich aus dem Weg. Zum Essen gibt es die üblichen verklebten Spaghetti. Als ich meine beste Jeans durchblute, beschließe ich den Rest des Tages zu schwänzen und radle nach Hause. Im Gegenwind.

Immer wenn ich die Augen schließe, ist Danijel wieder da, und obwohl ich weiß, dass es falsch ist, wünsche ich mir nichts mehr, als dass es wirklich so wäre und er wieder hier wäre. Und noch einmal hier wäre, und noch einmal.
Und ich hasse es, dass das unmöglich sein soll, hasse es, dass das nicht sein darf, hasse es, dass es nie mehr passieren kann.

Schließlich frage ich Emma nach der Sache mit dem Sex, wie es mit Martin ist.
»Kommst du immer?«, frage ich.
»Ja. Vielleicht nicht unbedingt jedes Mal, aber meistens. Warum, du etwa nicht?«
»Nein. Mit John nicht.«
»Oh«, sagt sie, dann reden wir nicht mehr darüber.

Ich sitze im Schneidersitz auf dem Fußboden. Habe alle Nahaufnahmen ausgedruckt, die in der Nacht entstanden sind, nachdem wir bei Harrys Fußball geguckt hatten. Füge Bild an Bild und versuche ein Ganzes zu schaffen, eine eindimensionale Kopie meines Körpers. Muss wieder an jenen Abend denken, an Danijels wärmende Hand an meinem Rücken. Denke an alles, was er gesagt, alles, was er getan hat. Wie er mich angelächelt hat, wie er mir geschmeichelt und mich gestreichelt hat. Und plötzlich geht mir auf, dass er das mit Absicht getan hat, dass hinter jedem Blick, jedem Wort berechnende Absicht steckte.
Plötzlich wird meine ganze Traurigkeit von brennendem Zorn ersetzt.

Nach der Schule hole ich Danijel ein, sage ihm, wir müssten reden. Er setzt sich auf den Krawallzaun vor dem Eisstadion, steckt sich eine Zigarette an und fragt, ob ich schwanger sei.
»Hab geglaubt, so was hast du im Griff«, sagt er.
»Halt die Klappe«, sage ich.
Dann frage ich, was er sich eigentlich bei der ganzen Sache gedacht habe und warum er ausgerechnet mit mir habe schlafen müssen und für wen er sich eigentlich halte. Was er überhaupt wolle.
Ich weiß nicht genau, glaube aber, dass ich schreie.
»Jetzt hör mal auf«, sagt er. »Warum muss man immerzu alles Mögliche wollen? Warum darf man nicht einfach sein, wie man ist, und sehen, was dann passiert? Lachen, wenn man froh ist, schreien, wenn man wütend ist, und miteinander schlafen, wenn man es gerade will?«
Darauf antworte ich nicht, ich gehe einfach.

»Sie heißt Jonna«, sagt Emma.
»Warum hast du nichts gesagt?«
»Mensch, das ist doch garantiert nichts Ernstes, bloß ein bisschen Rumgemache. Als ich von dir und Danijel erzählt hab, hat ihn das echt gestresst.«
»Hast du etwa von Danijel erzählt?«
»Logo! Wie soll er sonst eifersüchtig werden können?«

Sie hat einen Namen. Jonna. Es gibt sie tatsächlich. Jonna existiert und sie gehört John. Die Knie an den Bauch gepresst liege ich auf dem Sofa und heule, bis ich zu atmen vergesse. Schluchze und schniefe, heule Rotz und Wasser. Werde nie aufhören können, weil ich mit dieser Sache niemals klarkommen kann. Dabei presse ich das goldene Herz so fest, dass die Spitze mir Löcher in die Handfläche sticht, presse noch fester und will, dass es wehtut, dass der Schmerz sichtbar wird und wirklich existiert.
Natürlich bekomme ich jetzt nur, was ich verdiene. Das ist total gerecht, weil ich getan habe, was ich getan habe.

Obwohl es unmöglich ist, gelingt es mir, am nächsten Morgen aufzustehen, mir ein verlogenes Lächeln aufs Gesicht zu kleben und zur Schule zu gehen. Ich ertrage den Unterricht, kichere mit Tor und lächle Danijel an, ohne irgendetwas dabei zu empfinden. Es ist, als wäre nichts von alledem passiert, als wäre er nie bei mir gewesen und hätte meine Wut nie verspottet, als ich ihn nach dem Warum fragte. Das alles ist so klein, nichts, was mit Danijel zu tun hat, bedeutet jetzt etwas, Danijel geht mich nichts an.
»John und Jonna, was sind das für beschissene Namen?«, sage ich.
»Na, ganz normale Namen«, meint Tor.
»Normale Namen? Die klingen doch eher wie Namen aus irgendwelchen Comics. Fix und Foxi. Mickey und Minnie.«
Tor sagt, ich sei witzig und meine Eifersucht fast ein bisschen süß.
»Ich bin nicht eifersüchtig«, erkläre ich. »Ich finde bloß, man sollte es sich vorher überlegen, mit wem man zusammen sein will. Ihre Kinder werden natürlich krass gemobbt werden.«

Am Freitag fahre ich wieder nach Hause, nach Byxelkrok. Dort ist es stinkfad, wie zu erwarten war. Mini-Felix ist bei einer Lan-Party, Mama backt, dass es für ein halbes Jahr reicht, und Papa verpennt das ganze Wochenende vor der Glotze. Ich schlafe ebenfalls, lange, traumlose vierzehn Stunden am Stück. Am Sonntag sagt Mama, sie wolle Trainingsschuhe kaufen und könne mich gleichzeitig in die Stadt fahren.

»Wie geht es dir eigentlich?«, fragt sie, als wir im Auto sitzen.

»Gut«, sage ich. »Und dir selbst?«

Da bricht sie in Tränen aus. Mir fällt keine einzige Sache ein, die ich tun oder sagen könnte. Sie biegt in eine Bushaltestelle ein, stellt den Motor ab und steigt aus. Ich komme hinterher.

Dann springt sie über den Graben und läuft direkt aufs Feld hinaus.

»Tut mir leid«, sagt sie, ohne sich umzudrehen. »Ich bin einfach müde.«

»Dann ist also nichts passiert?«

»Nein, nichts. Bei uns passiert nie etwas.«

Obwohl sie es nicht ausspricht, weiß ich, dass es um Papa geht. Er hat seine Depressionen und sie weiß nicht, was sie tun soll. Das ist schon öfter vorgekommen. Aber bisher ist Mama immer bei der Stange geblieben.

»Wenn ich das vor zwanzig Jahren gewusst hätte«, sagt sie. »Wenn ich gewusst hätte, dass es so werden würde, wäre ich

abgehauen. Damals hatte ich wenigstens die Chance, abzuhauen.«
»Dann gäbe es mich und Felix jetzt nicht«, bemerke ich.
Mama sieht mich an und holt aufschluchzend Luft, dann schnieft sie und wischt sich das Gesicht mit dem Handrücken ab.
»So kann man nicht denken«, sagt sie. »So darfst du nie denken.«
Sie geht zum Auto zurück, lässt den Motor an und dreht die Stereoanlage auf. Wir singen mit, versuchen uns gegenseitig zu übertönen: »Ain't no mountain high enough, Ain't no valley low enough, Ain't no river wide enough, To keep me from getting to you.«
In einem Hollywoodfilm wäre das der perfekte Text für die eine Szene, wo einem klar wird, dass alles gut werden wird.
»Denk jetzt nicht mehr daran«, sagt Mama, als sie mich in meinem Flur zum Abschied in die Arme nimmt.

Mama war diejenige, die mir das Schwimmen ohne Schwimmflügel beibrachte. Wir wateten ins Wasser hinaus, bis mir das Wasser ans Kinn reichte, dann ging sie mehrere Schritte zurück und blieb stehen, die Hände in den Hüften.
»Das ist aber viel weiter als zehn Meter«, wandte ich ein.
»Los, schwimm jetzt«, befahl sie.
Und dann schwamm ich.
»Das müssen wir feiern!«, sagte Papa und organisierte für alle Kinder im Dorf eine Würstchenparty, er rief »Hurra«, und schüttelte Limoflaschen, die über die ganze Terrasse spritzten. Mama sagte, fürs Aufräumen müsse er selbst sorgen.
»Aufräumen ist langweilig«, sagte Papa.
»Dein Vater ist komisch«, sagte Jenni.
»Ich finde ihn lieb«, sagte Tor.

Die Halskette ist verschwunden. Ich habe sie die ganze Zeit um den Hals gehabt, hab sie nicht einmal zum Schlafen oder Duschen ausgezogen. Jetzt ist mein Hals ganz nackt. Ich suche im Bad und hinterm Bett, in der Handtasche und im Kühlschrank, ich durchsuche die Wohnung Millimeter um Millimeter, aber sie ist nirgends zu finden. Dann reiße ich den Überzug des Sofas ab und heule große Mascaraflecken auf die Polsterung.

Schließlich rufe ich Emma an. »Sie ist verschwunden«, schluchze ich.

»Die Halskette von John? Nein, die liegt hier. Du hast sie doch ausgezogen, als du das Cordsamtkleid anprobiert hast.«

Dann sagt sie, sie könne die Kette gleich rüberbringen.

»Und das Kleid auch, aber dann musst du es selbst bügeln.«

Ich möchte Emma alles erzählen, weiß aber nicht recht, was ich sagen soll. »Hey, mein Vater ist verrückt und ich glaube, meine Mutter wird es allmählich auch.«

Als ich die Halskette umgelegt und das Kleid anprobiert hab, geht sie nach Hause. Ich packe meine Tasche aus und sortiere meine saubere Wäsche in den Schrank. Weiß nicht, was ich fühlen soll – ob ich mit Mama traurig sein oder auf Papa wütend sein soll oder ob sie mir beide den Buckel runterrutschen können. Bisher hat Mama noch nie darüber gesprochen. Niemand hat darüber gesprochen.

Bis auf John.

»Das ist eine Krankheit«, sagte er. »Das weißt du doch, oder? Dass dein Vater krank ist?«
»Das ist er überhaupt nicht«, protestierte ich. »Papa ist eben so. Manchmal gut gelaunt und überdreht, und manchmal müde.«
So ist es einfach.
Am liebsten würde ich John jetzt anrufen. Nicht weil er zurückkommen soll, sondern weil er das verstehen würde. Er ist der Einzige, der Bescheid weiß, der Einzige, der gesehen hat, wie es wirklich ist.

Ich wache auf und krieche aus dem Bett, drehe die Dusche auf, halte die Hand unter die Strahlen und warte darauf, dass sie warm genug werden. Da erst erinnere ich mich wieder an Mamas nass glänzende Augen und all-das-was-nie-passieren-darf.
Schnell beschließe ich, dass ich alles übertrieben hab. Beschließe, nicht mehr daran zu denken, genau wie Mama gesagt hat.

In der Stadt treffe ich John, und diesmal tatsächlich nicht mit Absicht. Tor will Jeans kaufen, Ylva und ich begleiten ihn als Berater. Tor und Ylva haben mir während der Jeanssuche so viel von all dem Quatsch, den sie angestellt haben, erzählt, dass ich total aufgekratzt bin. Und als wir beim Kaufhaus um die Ecke biegen, steht er einfach da.

»Geht's dir gut?«, frage ich.

»Ist schon okay«, sagt er.

»Wie schön«, sage ich.

»Na, prima«, sagt Tor.

John räuspert sich. Ich zieh mein Handy heraus und checke die Zeit, behaupte, wir hätten es eilig.

»Okay«, sagt er.

»War schön dich so gut gelaunt zu sehen«, simst er am nächsten Tag. Ich antworte: »Danke«, weil ich nicht weiß, wie ich ihm erklären soll, dass er was Falsches gesehen hat.

»Er bereut«, sagt Emma. »Plan B funktioniert.«
»Oder er glaubt, ich hätte die Trennung überwunden.«
»Nein, dann würde er sich nicht melden. Das bedeutet, dass er dich vermisst, ist doch klar!«
»Vielleicht bedeutet es einfach gar nichts«, bemerkt Tor. Emma bittet ihn die Klappe zu halten. Ylva schlägt vor, ich soll John anrufen und ihn fragen.
»Nein«, sagt Emma. »Jetzt gilt es, cool zu bleiben und sich nicht zu rühren, das ist am schlauesten. Oder?«
»Ich weiß nicht«, sage ich.

Dieses »Ich weiß nicht« hat es in sich. Ich sage vielleicht hundert Mal täglich »Ich weiß nicht« und meistens ist es gelogen. Wie zum Beispiel in »Was machst du heute Abend?« – »Ich weiß nicht« (= Zuerst werde ich vor dem Fernseher Fertigpasta mit Hackfleischsoße essen, dann werde ich meine spanische Grammatik hervorholen, aber anstatt zu lernen, werde ich mindestens eine Folge *Grey's Anatomy* gucken, mich ein Weilchen Facebook widmen und mit Emma telefonieren, dann werde ich mir die Zähne putzen, in einer Zeitschrift blättern, müde werden, das Licht löschen und einschlafen), oder »Was willst du essen?« – »Ich weiß nicht« (= Ich will zu

McDonalds und mir ein Extra-Plus-Menü mit einem Erdbeermilkshake bestellen).
»Ich weiß nicht« ist die häufigste Drückeberger-Antwort der Welt.
Aber jetzt gerade weiß ich es wirklich nicht.
Ich weiß nicht, was ich sagen soll, falls ich John treffe. Ich weiß nicht, was passieren soll, weiß nicht, was ich mir wünsche. Ich weiß nicht einmal, was jetzt gerade passiert, weder hier noch daheim bei meinen Eltern. Und ich weiß nicht mehr, was für eine Rolle es spielt, ob ich mit John zusammen sein darf oder nicht.

»Handy-Abo, Telenor!«, schreit Pia.
»Tele 2«, übertönt Tor sie. »Yes! Ich führe!«
»Hab mich geirrt, ich wollte Tele 2 sagen.«
Ich sitze zwischen den beiden und halte mir die Ohren zu. Unsere Fernsehabende sind super, aber seit sie sich das »Errate die Werbung«-Spiel ausgedacht haben, sind die Pausen unerträglich. Jetzt stehe ich auf, gehe in die Küche, stelle den Wasserkocher an, öffne die Speisekammer und hole ein paar Beutel Heidelbeertee heraus. Kekse finde ich auch. Muss daran denken, wie sehr ich mich hier zu Hause fühle und dass ich in letzter Zeit öfter hier bin als bei Mama und Papa. Dann kommt mir der Gedanke, dass es Bei-Mama-und-Papa vielleicht nicht mehr lange geben wird.
»Der Film läuft wieder. Geh rein, dann besorge ich den Rest«, sagt Pia, die nachgekommen ist. Sie öffnet den Kühlschrank und holt Marmelade und Käse heraus.
»Nicht nötig, ich hab ihn schon mal gesehen.«
»Ich auch«, sagt sie. »Sag mal, wie geht's dir eigentlich?«
»Gut.«
»Und deinen Eltern?«
»Gut«, sage ich ein wenig zu schnell.
Und schon ist Pia mit ihren offenen Armen zur Stelle. Ich weine. Sie fragt nichts mehr und ich erzähle auch nichts.

Ich ziehe eine lange Unterhose unter der Jeans an und hole meine Fingerhandschuhe hervor. Es ist sternenklar, die ideale Voraussetzung für gute Nachtaufnahmen. Lasse das Fahrrad stehen und gehe zu Fuß stadteinwärts.
Es ist tatsächlich schön. Die Stagneliusschule, der Wasserturm und Olgas Imbiss-Stube im dunkelblauen Nachtlicht, der Mond, der sich im Fredriksskanskanal spiegelt. Es ist kalt und fast perfekt, kann aber noch besser werden. Bevor ich die erste Aufnahme mache, muss alles absolut perfekt sein. So lange muss ich warten, denn kaum hebe ich die Kamera, hab ich keinen normalen Blick mehr.
Ich gehe auf den Bahnhof zu, komme an mehreren lärmenden Gruppen vorbei, die sich auf die Innenstadt und die Bars zubewegen. In der Larmgatan holen mich ein paar ältere Jungs ein und fragen, wohin ich will.
»Nirgends hin«, sage ich.
»Hey, sei nicht so, komm mit ins Statt«, sagt einer, der besonders stark torkelt.
»Nein, vielen Dank.«
»Was denn, willst du etwa ins Bistro?«, nervt er weiter. »Ins Bistro gehen keine coolen Typen, das Statt ist voll angesagt.«
Seine Oberlippe wölbt sich fett über einer Prise Kautabak, er hat dünne Haare und ein rot-weißes FC-Kalmar-Halstuch, schwarze Jeans spannen sich um feiste Schenkel. Irgendwie kommt er mir bekannt vor, vielleicht vom Supermarkt neben Emmas Wohnung, oder er war mit John im Training.

»Was ist, kommst du mit, oder was?«
Ich murmle »Ein andermal«. Da schwankt er näher, legt mir einen Arm um die Hüften. Ich zucke zusammen, lass die Kamera fallen und versuche mich aus seinem Griff zu winden, aber er hält mich fest.
»Wenn du ins Statt mitkommst, nehm ich dich hinterher mit zu mir nach Hause«, sagt er.
Ich bringe keinen Ton heraus, stehe nur da und spüre den Druck seiner schmutzigen Fingernägel durch meine Jacke.
»Stell dich nicht so an!«, grunzt er. »Ich lad dich ein.«
»Lass sie los!«
Durch die unerwartete Stimme überrascht, lockert er seinen Griff, und als ich mich umdrehe, steht Jenni da.
»So, und jetzt geh brav ins Statt und bagger jemand von deiner eigenen Kragenweite an«, sagt sie.
Aber Tabaklippe bleibt stehen, bis einer seiner Kumpel sagt, er solle den Scheiß vergessen.
»Fotzen«, knurrt er dann, als sie abziehen.
»Na, das nenn ich vielleicht oberkreativ«, schreit Jenni hinter ihm her.
Seine Kumpel lachen schallend und klopfen ihm auf den Rücken, und er dreht sich um und zeigt uns den Stinkefinger. Jenni hebt die Kamera auf, entfernt den Objektivschutz, zielt auf die Jungs und drückt ab.
»Scheint noch zu funktionieren«, sagt sie.
»Danke«, sage ich. »Du hast mich gerettet!«
»Nichts zu danken, hat echt Spaß gemacht. Das hättest du selbst geschafft, wenn ich nicht zufällig vorbeigekommen wär.«

Bin immer noch ganz zittrig und glaube kaum, dass ich selbst irgendwas geschafft hätte.
»Los, komm«, sagt sie. »Ich spendier dir ein Bier.«

Wir gehen zum Kleinen Pub. Hier bin ich noch nie gewesen, aber es scheint okay zu sein. Dunkelbraune Einrichtung, Gitarrenrock in den Lautsprechern.
Jenni bestellt unser Bier und ich finde einen Tisch in der Nähe der Garderobe.
»Also, mit wem in diesem Raum möchtest du am liebsten schlafen?«, fragt sie.
»Mit keinem«, antworte ich und wische mir den Bierschaum mit dem Handrücken ab. »Ich will mit überhaupt niemandem schlafen.«
»Sei nicht so langweilig, ist doch bloß ein Spiel.«
Ich schaue mich um und wähle einen Typen, der zwei Tische weiter weg sitzt.
»Interessant, mit dem hab ich schon mal rumgemacht. Gehen wir hin und sagen Hallo?«
»Hab gedacht, es ist bloß ein Spiel.«
»Von mir aus«, sagt sie. »Ich wähle seinen Kumpel. Den mit der Nase.«
Sie geht an die Bar und besorgt noch mehr Bier und Jägermeister. Der schmeckt zwar nach Hustensaft, aber das Gefühl hinterher ist toll. Kurz reden wir darüber, wer im Raum wohl den größten Schwanz hat. Oder vielmehr, es ist vor allem Jenni, die darüber redet.
»Du weißt doch, es heißt: große Nase, großes Ding«, sagt sie. »Ich wähle wieder den Kumpel.«

Statt verlegen zu werden, muss ich kichern, ich weiß nicht, ob es am Bier liegt oder weil die Anspannung nach dem fetten Kotzbrocken allmählich nachlässt. Es gefällt mir, dass sie so geradeheraus ist. Ich trinke das Bier aus und gehe in den Keller zu den Toiletten.

Als ich zurückkomme, sitzt Jenni bei dem Nasentypen auf dem Schoß. Ich geh weiter, lächle einem älteren Typ an der Bar zu, er erwidert mein Lächeln und ich denke, jetzt spendiert er mir vielleicht ein Bier, doch dann taucht eine Tusse an seiner Seite auf. Auf der Theke steht ein halb ausgetrunkenes Bierglas, ich tu so, als wär es meins, und trinke einen Schluck, aber der Barkeeper sieht es und möchte meinen Ausweis sehen. Ich suche zum Schein in meinen Taschen und sage komisch-muss-ihn-verloren-haben. Da meint er, es sei Zeit für mich, nach Hause zu gehen. Ich simse »Vielen Dank für den Abend muss jetzt los« an Jenni.

»Was ist eigentlich in dich gefahren?«, fragt Emma. »Willst du John nicht mehr zurückhaben?«
»Ach, das kommt mir so aussichtslos vor.«
»Man hört doch nicht auf verliebt zu sein, bloß weil es ein bisschen schwierig wird. Schließlich haben wir einen Plan.«

Es ist mir absolut schleierhaft, wie Emma das angestellt hat, aber am nächsten Tag schickt John eine SMS und fragt, ob wir uns treffen könnten. Er schlägt einen Spaziergang vor, Treffpunkt am Fahrradsteg vor dem Gefängnis. Ich seh ihn schon von weitem, er hat einen neuen karierten Schal und seine Haare sind kürzer als beim letzten Mal.
»Na, kein Küsschen?«, sagt er, als ich einen Meter weiter weg stehen bleibe.
Wir gehen aufs Schloss zu, er fragt, wie es mir gehe, und ich antworte, alles sei okay. Dann erzählt er kurz von der Schule und dass sie eine Gruppe seien, die mit Basketball angefangen haben.
»Aber die haben vergessen mich vorher zu fragen, ob ich überhaupt Ballgefühl hab«, sagt er und lacht.
Wir gehen den ganzen Weg nach Stensö und wieder zurück. Als ich endlich aufhören kann, an all die verbotenen Themen zu denken – Jonna, Kalle, Danijel, Warum-können-wir-nicht-wieder-zusammen-sein –, fühle ich mich fast echt entspannt.
Ich erzähle von Papa, dass er vielleicht tatsächlich krank ist und dass Mama traurig ist. Dass sie sich eventuell scheiden lassen. John sagt, ich solle mir keine Sorgen machen, letztendlich werde alles gut, was immer auch passiert. Ich nicke. Jetzt, wo ich es laut ausgesprochen habe, kommt es mir gar nicht so groß und bedrohlich vor, natürlich wird alles gut werden.
»Schön, dass wir uns getroffen haben«, sagt er.

»Ja, finde ich auch.«

Wir stehen vor meinem Haus und ich habe beschlossen, ihm nicht vorzuschlagen zu mir heraufzukommen, weil ich die Stimmung nicht dadurch ruinieren will, dass er Nein sagen muss.

»Also, dann lassen wir wieder voneinander hören?«

»Auf jeden Fall«, sage ich und dann drückt er mich.

Ich hab jede Menge überschüssige Energie, alles ist plötzlich unwiderstehlich einfach. Schreibe den Palme-Aufsatz zu Ende. Staubsauge die ganze Wohnung und wische alles feucht durch. Schleppe die Zeitungsstöße zum Papiercontainer. Jogge zweimal die Ängörunde. Dusche und mache ein Ganzkörperpeeling, rasiere mir die Beine und schmiere sie mit Bodymilk ein, benütze Zahnseide, bevor ich die Zähne putze. Dann durchwühle ich den Kleiderschrank nach total schrägen Kombinationen und knipse Spiegelbilder ohne Kopf. Stelle mir vor, das könnte eine ironische Modecollage werden.

Am nächsten Tag schicke ich eine »Danke für den netten Spaziergang«-SMS. Den restlichen Abend checke ich das Handy alle fünf Minuten, bekomme aber keine Antwort.

»Er hat vielleicht das Handy abgestellt oder es in die Badewanne fallen lassen oder so was«, meint Tor.

»Empfangsbestätigung«, sage ich.

»Dann weiß ich auch nicht.«

»Scheiße.«

Zum ersten Mal überhaupt freue ich mich über einen Physiktest. Was auch immer mich dazu zwingt, an etwas anderes zu denken. Ich lerne bis zwei Uhr nachts. Stelle den Wecker auf fünf und lerne noch mal drei Stunden. Kaufe unterwegs zur Schule Red Bull und Traubenzucker. Beantworte alle Fragen mit superintelligenten Berechnungen, gehe direkt anschließend nach Hause und schlafe wieder ein.

Emma erzählt, dass sie inzwischen in echt zusammen sind – also, John und Jonna.

»Aber so verliebt wie in dich ist er garantiert nicht«, meint sie.

»Das spielt jetzt auch keine Rolle mehr«, sage ich.

Dann geh ich nach Hause, zerbreche die Markoolio-CD, schneide mich an den Scherben und heule, als ich das Blut sehe. Schicke eine SMS an Tor: »Was machst du gerade?« Er antwortet »Fliege über den Mond, melde mich, wenn ich wieder daheim bin« und da muss ich noch ein bisschen heulen.

»Und umarmt hat er mich doch auch. Ich blick das einfach nicht!«
»Wir umarmen uns doch auch manchmal«, sagt Tor.
»Das ist nicht dasselbe«, sage ich.
»Du hättest ihn bitten sollen mit dir hochzukommen«, sagt Emma. »Das war natürlich ein Test, er wollte dich treffen und feststellen, ob du noch Interesse hast, bevor er in der Sache mit Jonna weitergeht.«
»Und ich hab den Test vermasselt.«
»Kann sein«, sagt Emma.
»Hey, könnt ihr mal mit dem Quatsch aufhören!«, sagt Tor. »Solche Tests gibt's doch gar nicht.«
»Klar gibt's die, ich teste Martin immerzu!«, sagt Emma.

Ich träume, John ist hier, als ich nach Hause komme. Er liegt auf dem Sofa und ruft: »Hallo, mein Schatz«, kaum dass ich die Tür öffne. Alles ist so wie immer, alles ist so, wie es vor dem Ende war, und im Traum denke ich, eigentlich müsste ich fragen, was passiert ist, wann er es bereut hat und warum. Doch dann denke ich, jetzt ist alles gut und da spielt wann und warum keine Rolle. Und er lächelt und sagt, ich sei alles, was er sich wünsche, und als wir uns küssen, zwirbelt er meine Haare zu einem festen Knoten.

»Es ist aus«, sagt Tor.
Zuerst denke ich John und Jonna, dann Danijel und Maja, bevor ich einsehe, dass er von Ylva spricht.
»Ich komme rüber«, sage ich.

Er sagt, er wolle nicht reden, also bin ich still. Sitze auf seinem Bett, flechte die Fransen der Wolldecke und fühle mich unbehaglich. Hab keine Ahnung, wie man sich in so einem Fall verhält. Möchte alles richtig machen, fühle mich aber total leer. Muss an meine eigene Bruchlandung auf dem Sofa denken und daran, wie Tor dasaß und die Hand auf meinen Fuß legte und wie gut das war, und wie leicht ihm das fiel.
Wenn ich nur diese kleine Minifreude darüber loslassen könnte, nicht mehr die Einzige zu sein, die allein ist, dann wüsste ich auch, was gut ist.

Papa ruft an und teilt mir mit, er wolle ein neues Auto. An Weihnachten oder so. Seine Stimme klingt ganz normal.

»Wie geht's Mama?«, frage ich.

»Du weißt doch, wie Mama ist«, sagt er.

»Ja«, sage ich.

Und sehe ein, dass ich eigentlich nicht die geringste Ahnung habe, wie Mama ist.

»Ist eigentlich doch ganz cool, wieder Single zu sein«, meint Tor.

Es ist zwei Tage her, seit ich auf seinem Bett gesessen und geschwiegen habe, seither haben wir so getan, als wäre alles so wie immer.

»Möchte behaupten, es ist perfekt«, fährt er fort. »Man kann jederzeit tun, wozu man Lust hat. Rumknutschen, mit wem man will, zum Beispiel.«

»Mhm«.

»Ehrlich. Hab viel zu viel Zeit damit verplempert, eine Freundin haben zu wollen. Bin ein Traummann gewesen, hab mich fast zu Tode verstellt. Und dann geht alles trotzdem zum Teufel. Jetzt werd ich stattdessen ein richtiges Macho-Schwein!«

»Aber dann bleibst du doch für den Rest deines Leben allein.«

»Na und? Ich will mich jetzt amüsieren.«

Dann erklärt er, es gehe darum, den Augenblick zu genießen und sich nicht um die Konsequenzen zu scheren, ja, eben einfach loszulegen.

»Nicht dass ich mit Knutsch- und Kuschelangeboten unbedingt überschüttet werde. Aber trotzdem. Die Sache ist vorerst für mich abgehakt.«

Mini-Felix und seine Klasse führen im Vereinsheim *Grease* auf. Alle sind da. Wenn in Byxelkrok etwas los ist, sind immer alle da – sei es Markt, Weihnachtsfeier oder Kasperthea-ter. Tor, Emma und Martin sitzen mit Kalle Mattsson ganz hinten, ich winke und Emma macht mir deutlich, bei ihnen sei leider alles voll. Aber ich bin nur froh, vier Reihen weiter vorn zwischen meinen Eltern sitzen zu können.
Mini-Felix spielt Doody in Dannys Bande, eine stumme Rolle, aber er ist unheimlich süß mit seinen nach hinten gegelten Haaren und Mamas alter Lederjacke. Papa stampft im Takt und klatscht Beifall, kaum dass jemand eine Atempause einlegt.
Anschließend gibt es Saft oder Kaffee und selbst gebackenen Kuchen. Emma weigert sich etwas zu essen.
»Also, in dem Zeug da kann ja Rotz oder Sperma oder Gott weiß was alles drin sein.«
»Aber in fertig gekauftem Zeug doch auch«, sagt Tor. »Und natürlich auch in dem Saft, den du gerade trinkst.«
Da kriegt Emma einen Hustenanfall und kurz sieht es aus, als müsste sie kotzen, doch dann beruhigt sie sich. Tor lacht laut und Martin lächelt verunsichert, als wüsste er nicht, ob er seinen eigenen Kuchen jetzt wegwerfen oder lieber auch noch Emmas Kuchen aufessen soll. Ich trinke meinen Saft. Will möglichst lange hierbleiben, will nicht nach Hause, wo mich Papas Ruhelosigkeit und Mamas Schweigen erwarten. Als die Rede davon ist, »zu peilen, wie die Lage am Hafen ist«, sage

ich Ja, obwohl Tor den Kopf schüttelt und ich hundertpro sicher bin, dass die Lage am Hafen kalt und öde ist.
Und abgesehen von der Felix-Clique ist es dort tatsächlich menschenleer. Emma und Martin verkrümeln sich fast sofort, aber Kalle bleibt. Wir schauen zu, wie die Jungs eine alte Bierdose herumkicken. Die Mädchen stehen für sich und tun gelangweilt.
»In diesem Nest vierzehn sein ist echt das Hinterletzte«, sage ich.
»Ja«, sagt Kalle.
Dann fällt mir nichts mehr ein, was ich sagen könnte. Doch da legt Kalle mir den Arm um die Schultern. Sein Arm wärmt mich, meine Schultern natürlich, aber vor allem wird mir im Magen warm. Und weil ich merke, dass mir tatsächlich kalt war, lasse ich den Arm liegen. Dann sage ich, ich müsse jetzt wohl nach Hause.
»Ich begleite dich«, sagt er und nimmt den Arm herunter.
Als wir den Hafen hinter uns gelassen haben, nimmt er meine Hand. Unwillkürlich muss ich kichern.
»Was denn? Entschuldigung«, sagt er und lässt mich los.
»Was denn? Entschuldigung«, äffe ich ihn nach.
Er sieht unsicher aus und eigentlich tut er mir ja leid, aber ich muss trotzdem lachen.
»›Was denn Entschuldigung!‹ Das bedeutet doch gar nichts.«
»Nein, aber ich meine … also, tut mir leid, weil, ja … weil du vielleicht nicht willst, dass ich hier bin.«
»Ist doch klar, dass du hier sein darfst.«
»Ja, aber willst du das?«
Inzwischen gehe ich weiter.

»Warum muss man immerzu eine Menge Sachen wollen? Warum können wir nicht einfach hier sein und sehen, was passiert? Lachen, wenn wir froh sind, und schreien, wenn wir eine Wut im Bauch haben.«

»Okay«, sagt er, sieht aber immer noch unsicher aus.

Hab keine Lust, noch mehr zu erklären. Hab keine Lust, mir zu überlegen, was ich eigentlich meine. Nach einer Weile merke ich, dass er zu mir rüberschielt und dabei fast lächelt. Und schon ist sie wieder da – diese Wärme im Bauch. Er begleitet mich bis in den Hof.

»Hm, also … darf ich dich anrufen?«, fragt er mit gesenktem Blick.

Kalle, du großer, feiner Kerl – warum bist du so schüchtern? Klar darfst du anrufen! Jederzeit, immerzu. Alles, was du willst, für dieses Bauchgefühl.

Ich sage ihm meine Nummer und er tippt am Handy herum. Dann schlage ich vor, er soll jetzt gleich mal anrufen.

»Damit du weißt, dass ich nicht lüge.«

»Ich vertrau dir«, sagt er.

»Ruf trotzdem an. Dann hab ich auch gleich deine Nummer.«

Als mein Handy in der Tasche vibriert, ziehe ich es heraus und drücke auf »Speichern«. Dann weiß ich nicht, was ich tun soll. Einfach Tschüss sagen und ins Haus rennen oder einen Schritt auf ihn zu machen und ihn umarmen? Aber wenn er das dann für eine Aufforderung hält und rummachen will? Oder wenn er nicht rummachen will?

Da tritt er zu mir her, ich hebe die Arme, um ihn zu umarmen, aber er umfasst meinen Kopf. Plötzlich wird mir bewusst, dass wir direkt unterm Schlafzimmerfenster meiner Eltern stehen. Voller Panik weiche ich ihm aus.

»Nicht mal ein Gutenachtkuss?«, fragt er enttäuscht.

»Doch, klar, aber nicht hier«, sage ich und ziehe ihn hinter mir her zum Spielhäuschen hinterm Haus. Er leuchtet mit seinem Handy hinein, sieht das Durcheinander aus altem Spielzeug und Gartengeräten.

»Gemütlich.«

»Komm her«, sage ich und nehme seine Hand.

Direkt hinter der Tür gibt es einen freien kleinen Fleck, gerade groß genug für uns, wenn wir uns eng gegenübersitzen.

»Okay«, sage ich. »Jetzt ist der Gutenachtkuss angesagt!«

Er beugt sich vor und drückt mir einen Kuss auf die Nase.

»Schlecht gezielt«, sage ich und presse ihm meine Lippen auf den Mund, worauf er mich ordentlich küsst. Das gefällt mir.

Wir sitzen uns mit übereinandergelegten Beinen gegenüber und er muss mich die ganze Zeit mit einer Hand festhalten, damit wir nicht umkippen. Es gefällt mir, dass er stark ist, das erinnert mich an John. Mit der anderen Hand streichelt er mich überall, wo er hinkommt, und da knöpfe ich seine Jeans auf, er hat nichts darunter an, und plötzlich habe ich ihn voll in der Hand. Als er kommt, beißt er mir in den Hals. Hinterher wische ich meine Hand an seiner Jeans ab.

Als wir mühsam auf die Beine krabbeln und versuchen unsere Kleider zu ordnen, müssen wir verlegen kichern. Er küsst mich ein letztes Mal, bevor wir rausgehen, aber wir sagen nichts.

Im Bad wasche ich mir die Hände und versuche stolz darauf zu sein, wie gut ich heute Abend den Augenblick genossen habe. Wenn Tor das wüsste, würde er mir auf den Rücken klopfen und »Bravo« sagen. Dann merke ich, dass ich meine rechte Hand so fest mit der Nagelbürste schrubbe, dass die Haut brennt.

Am Morgen wache ich voller Ekelgefühle auf. Schleiche zum Spielhäuschen hinaus und vergewissere mich, dass wir keine Spuren hinterlassen haben. Schalte das Handy aus und sage Mama, ich müsse lernen und wolle nicht gestört werden, nicht einmal, wenn Tor anruft.

»Wie viel Gepäck braucht man eigentlich für ein Wochenende?«, brummt Martin, als Emma und er mich am Sonntagabend abholen.
Ich quetsche meine Taschen auf die Rückbank und mich daneben.
»Das ist mein Papa, der gibt mir immer so wahnsinnig viel Proviant mit.«
»Und deine Wäsche«, sagt Emma. »Ehrlich gesagt wäre es vielleicht an der Zeit, dass du die selber wäschst, oder? Immerhin bist du daheim ausgezogen.«
Hab keine Lust zu diskutieren, weiß, dass ich sowieso verlieren und als die unselbstständigste Person der Welt dastehen werde.
Obwohl ich das Problem eigentlich nicht so recht kapiere – solange es für Mama okay ist, mein Zeug zu waschen, kann sie es doch gerne machen. Und übrigens wäscht Emma ihre Wäsche auch nicht selbst; nur weil sie noch zu Hause wohnt, ist da doch kein Unterschied? Ist schließlich nicht meine Schuld, dass meine Eltern die bescheuerte Idee gehabt haben, sich am Arsch der Welt niederzulassen.
»Und wie ist es gestern noch gelaufen?«, fragt Emma. »Mit Kalle?«
Ich antworte mit meiner allerüberzeugendsten Stimme was-denn-gar-nichts-keine-Ahnung-was-er-gemacht-hat.
»Auch besser so. Du weißt doch, dass er mit Jenni geschlafen hat?«, fährt Emma fort.

»Das haben doch alle.«
»Ich nicht«, sagt Martin.
»Dein Glück«, sagt Emma und damit ist die Gefahr vorbei.

SMS von Kalle: »Kommst du bald wieder nach Byxelkrok?«
Ich finde es feige, dass er simst, anstatt anzurufen. Antworte: »Vielleicht.«
Fürchte mich davor, was passieren wird, wenn wir uns wiedersehen. Fürchte mich vor dem warmen Bauchgefühl und der Sehnsucht. Fürchte mich davor, dass ich mit ihm zusammen sein will, aber nur kurz. Fürchte mich davor, dass er nicht mit mir zusammen sein will, oder davor, dass er es tatsächlich will.

Ich erzähle es Tor. Er wird es vielleicht nicht unbedingt verstehen, aber jedenfalls nicht verurteilen.

»Sag mal, was willst du eigentlich?«, fragt er.

»Ich weiß es nicht. Hab gedacht, ich wär in John verliebt. Und dann ist da natürlich auch Danijel und, na ja … aber gleichzeitig – Kalle gefällt mir auch.«

»Schlampe.«

Er macht bloß Spaß, das weiß ich. Aber trotzdem. Denn genau das ist es ja. Wenn ich mir selbst gegenüber ehrlich bin, geht es nur um Hände, egal welche Hände, Hände auf meiner Haut. Um die Wärme und das Kribbeln und das Gefühl, geil zu sein. Das ist alles. Und so bin ich ja nicht wirklich, überhaupt nicht. Das ist ja das Verrückte an mir.

»Ehrlich gesagt ist sie ganz nett«, sagt Emma über Jonna.

»Also ist es plötzlich total okay, die ganze Operation Vogelkacke einschlafen zu lassen?«, frage ich.

»Hab gedacht, genau das willst du?«

»Du hast keine Ahnung, was ich will!«

John fragt an, ob wir uns treffen könnten. »Wenn du willst, kannst du herkommen«, antworte ich. Er schreibt: »Hab mir eigentlich neutraleren Boden vorgestellt. In einer halben Stunde vor der Bibliothek?« Ich antworte nicht, stelle mir vor, dass er bescheuert genug ist, um trotzdem hinzugehen, und jetzt da steht und wartet und gereizt in den Kies kickt, als ihm aufgeht, dass ich nicht kommen werde.

Dann denke ich stundenlang darüber nach, was er mir wohl sagen wollte. Jetzt hat er doch Jonna. Oder hat er sie nicht? Womöglich wollte er darüber reden? Über uns, über mich, über die Zukunft. Unsere Zukunft.

Schreibe: »Tut mir leid, dass ich wütend geworden bin. Im Moment ist alles so verwirrend. Hab dich lieb.« Emma antwortet: »Lass von dir hören, wenn die Verwirrung nachgelassen hat.«

Eine »Komm her, dann klären wir das gemeinsam«-Antwort wäre mir lieber gewesen, verstehe aber, dass es ihr irgendwann zu dumm wird.

Ich hole meine Bücher aus dem Spind und gehe mit Tor die Treppen hinauf. Wir sind früh dran, ich hock mich in die Fensternische vor dem Klassenzimmer und zeichne mit der Schuhspitze verschnörkelte Muster auf den Boden, während die anderen über den Mathetest reden. Hinten im Flur höre ich Danijel lachen und merke, dass ich warte, dann hebe ich genau im richtigen Moment den Kopf, um seinem Blick zu begegnen und atemlos zu werden, er lächelt strahlender denn je, macht noch einen Schritt auf mich zu, beugt sich vor und küsst mich, mitten vor der ganzen Klasse. Ich höre Gekicher und vereinzelte Pfiffe, aber vor allem ist mir schwindlig.
Die Tür zum Klassenzimmer wird geöffnet. Ich gehe sofort hinein und setze mich ganz hinten neben Tor, ohne ein einziges Mal aufzuschauen.

»Was war das denn?«, frage ich.
Wir sitzen auf der Raucherbank. Hier bin ich sonst nie, aber heute bin ich Danijel hierher gefolgt.
»Was war was?«, antwortet er.
Als wäre überhaupt nichts vorgefallen.
»Vorhin vor dem Klassenzimmer.«
»Aha, das war ein Kuss.«
Ich nehme seine Zigarette, mache einen Lungenzug und sehe ihm in die Augen.
»Tu nicht so. Du weißt, was ich meine.«
»Nein, was soll der Aufstand? Du hast so hübsch ausgesehen

und ich wollte dich küssen, und dann hab ich's getan. Das muss doch nicht unbedingt so viel bedeuten.«

»Lachen, wenn man froh ist«, sage ich.

»Genau«, sagt er.

»Okay.«

Ich bin mir aber nicht sicher, was ich mit okay meine – ob »Okay, ich hab's kapiert« oder »Okay, küss mich wieder vor der ganzen Klasse, wenn du Lust hast« oder »Okay, wenn du mich noch mal so ansiehst, bin ich mit allem einverstanden«.

Es ist spät, ich stehe im Bad und wasche mir die Schminke ab, als es an der Tür läutet.
»Ich halt es nicht mehr aus, mit dir verkracht zu sein«, sagt Emma. »Und außerdem hab ich heute den Führerschein bestanden und das will ich mit dir feiern.«
Ich nehme sie ganz fest in die Arme. Schlüpfe in die Gummistiefel und ziehe über meinen Schlafanzug den Mantel an. Emma fährt über die Ölandbrücke und dann in Richtung Süden, überquert Alvaret, das große Heidegebiet. Außerhalb der Lichtkegel der Scheinwerfer ist alles schwarz. Als im Autoradio *Hello Saferide* kommt, drehe ich die Lautstärke auf, das ist nämlich immer noch unser Motto: »And we talk about friends, And we talk about records, Talk about life, And we'll talk about death, And we dance in the living room, Dance on the sidewalks, Dance in the movies, Dance at the festivals dance dance, No men really ever dance like this, Damn! I wish I was a lesbian.«
Wir beide in diesem Auto, genau hier und genau jetzt, nichts sonst ist von Bedeutung.

Ich schäme mich, wenn ich an Maja denke. Tor sagt, das sei Danijels Problem. Aber trotzdem. Wenn mir das passiert wäre, also wenn John eine andere geküsst hätte, als wir zusammen waren, dann hätte ich dieses Mädchen gehasst. Egal von wem die Initiative ausgegangen wäre.

»Mach jetzt bloß keine zu große Sache daraus«, sagt Emma.

»Ich mache nie aus irgendwas große Sachen«, sage ich. »Die werden von ganz alleine groß.«

Wir sind bei Tor und spielen Singstar. Emma sucht die Songs aus und Martin verliert. Pia bewirtet uns mit Linseneintopf und Rotwein.

»Aber in Maßen, bitte«, sagt sie. »Ich hab keine Lust, als Verführerin der unschuldigen Jugend dazustehen.«

»Das tust du doch schon«, sagt Tor. »Darum lieben wir dich ja so.«

»Gekaufte Liebe ist auch Liebe«, kontert Pia.

Gegen halb elf radeln wir in die Stadt und versuchen ins Bistro reinzukommen, aber der finster dreinblickende Türsteher will Ausweise sehen, und da sagt Emma, wenn nicht alle reinkämen, habe es keinen Sinn. Also schieben wir unsere Räder wieder zurück durch die Stadt.

Auf dem Stortorget trifft Martin ein paar Leute aus seiner Klasse und darum bleiben wir kurz dort hängen. Wir diskutieren hin und her, ob es sich wohl lohnt, anderswo einen Versuch zu machen, aber eigentlich hat keiner von uns wirklich Bock darauf, also beschließen wir lieber nach Hause zu fahren. Als wir den Platz verlassen, sehe ich Kalle auf der Storgatan, er winkt, aber ich tue so, als würde ich ihn nicht sehen.

»Ich glaube, ich bin verliebt«, gestehe ich schließlich.

Emma hält den Film an.

»In Danijel.«

»Was?«, sagt sie.

»Aber ich weiß nicht so recht.«

»Und Maja?«

»Die sind immer noch zusammen.«

Ich nehme die Fernbedienung und lasse den Film weiterlaufen.

Papa verkündet, er habe vor seine Autobiografie zu schreiben.

»Warum das denn?«, frage ich.

»Für euch natürlich. Damit du und Felix euch an mich erinnert.«

»Und warum sollten wir dich überhaupt vergessen?«

»Den Anfang hab ich schon. Hör mal: ›Ich kam in einer Nacht auf die Welt, als der öländische Schneesturm um das Haus pfiff und alle Straßen blockiert waren. Mein Vater hatte das Boot genommen, war nach Gotland gefahren und hatte seit Tagen nichts von sich hören lassen. Meine arme Mutter musste die ganze Entbindung allein bewältigen.‹«

»Aber du bist in Kalmar geboren, mitten im Sommer!«

»Ich weiß, aber das klingt doch richtig gut, oder?«

»Papa«, sage ich. »Warum glaubst du, dass Felix und ich dich vergessen werden? Du bist doch immer hier!«

»Jetzt, ja«, sagt Papa und legt auf.

Ich rufe wieder an und möchte Mama sprechen.

»Die ist nicht da.«

»Wo ist sie denn?«

»Vom Erdboden verschluckt.«

»Kann ich dann bitte mit Felix sprechen?«

»Auch verschwunden.«

»Papa, hör auf. Da krieg ich ja Angst.«

»Brauchst du nicht, ich werd das Ding schon schaukeln. Tschüssi, Kleines.«

Damit legt er wieder auf. Mamas Handy ist ausgeschaltet. Felix antwortet nicht, als ich sein Handy anrufe. Als ich Tor anrufe, bin ich so verängstigt, dass ich nur noch heule.

»Was hast du dir eigentlich gedacht?«, fragt Mama.
»Weiß ich nicht mehr«, antworte ich.
Tor kam und brachte Pia mit, und als es mir schließlich gelungen war, zu erklären, was los war, rief er seinen Vater in Byxelkrok an und der ging zu uns nach Hause. Papa lud ihn zu Fleischbrühe und selbst gebackenem Roggenbrot ein und teilte mit, er habe vor, ein Kochbuch zu schreiben. Mama hatte Abendschicht und darum wie immer ihr Handy abgestellt. Felix war bei einem Freund und hatte das Handy nicht gehört.
»Abgesehen von Papas fixer Idee, unbedingt Bücher schreiben zu wollen, geht es allen ganz ausgezeichnet«, sagt Mama.

Ich schiebe mein Fahrrad neben Danijel her. Seit dem Tag, als er mich in der Schule geküsst hat, reden wir zum ersten Mal wieder miteinander. Ich überlege, ob er diese Sache irgendwie erwähnen wird. Aber er macht nur mit seinen üblichen Geschichten weiter, wie eine explodierende Assoziationsmaschine hüpft er plappernd von Gedanke zu Gedanke, von Geschichte zu Geschichte. Ab und zu stellt er eine Frage. Das Antworten fällt mir leicht, wenn wir nur zu zweit sind. Immer wenn ich etwas sage, sieht er mich an und lächelt.

Als wir bei mir ankommen, ist er mitten in einer total unlogischen Story vom Hund seiner Schwester, der davongelaufen war und mit grün gestreiftem Bauch zurückgekommen ist. Ich bleibe auf der Straße stehen und schaue wie gebannt seinen fliegenden Händen zu.

»Ich hab Hunger«, erklärt er schließlich.

»Was hältst du von Spaghetti?«

»Cool«, sagt er und steigt die Treppe zu meiner Wohnung hinauf.

Ich schließ mein Fahrrad ab und renne hinter ihm her.

»Und gibt es was dazu?«, fragt er skeptisch, während er in meinen leeren Kühlschrank starrt.

»Du hast die Wahl«, sage ich und zeige auf die Gefrierbox.

Er öffnet den Deckel, stößt einen erstaunten Pfiff aus, beginnt in den vielen Plastikbehältern zu wühlen und liest laut vor, was auf Papas säuberlich geschriebenen Etiketten steht.

»Fleischbällchen, Kartoffelklöße, Lasagne, Makkaroniauflauf,

Hackfleischsoße, Fischsuppe, Hühnerfrikassee, Lauchgemüse, Sauce béarnaise, Pfannkuchen, Omelett. Omelett!? Wer um alles in der Welt friert denn ein Omelett ein?«
Er lacht sich halb kaputt und wählt dann Sauce béarnaise. Das schmeckt zwar total bescheuert zu Spaghetti, ist mir aber egal, weil ich sowieso zu nervös bin, um etwas runterzubringen. Ich fasse es einfach nicht, dass Danijel hier ist, hier neben mir auf dem Sofa sitzt und von Papas Notvorrat isst. Danijel. Bei mir. Jetzt in diesem Moment.
Er verputzt auch noch meine Portion, dann macht er pfeifend den Abwasch.
»Super, eine eigene Wohnung zu haben«, sagt er. »Da kannst du einfach machen, was du willst. Tagelang auf dem Sofa rumfläzen und vor dich hin pupsen. Oder Feste feiern und lauter Jungs bei dir haben, oder einfach bloß nackt herumlaufen.«
»Stimmt, das ist natürlich das Allerbeste daran.«
»Die Jungs oder das Nacktsein? Oder die Kombination?«
»Wollen wir uns küssen?«, frage ich.
»Okay«, sagt er und zieht sich aus.

»Und was ist mit Maja?«, frage ich.
»Die ist verreist.«
»Aber ihr seid immer noch zusammen?«
»Ja. Oder, ich weiß nicht so recht. Ist ein bisschen kompliziert.«

»Es ist, als würde das Denken bei mir aussetzen, wenn er da ist«, sage ich.
»Das heißt, du bist verliebt«, sagt Emma.
»Das heißt, ich bin verhext«, sage ich.
»Du solltest weniger fernsehen«, sagt Tor.

Ich kapier wirklich nicht, was da passiert. Natürlich weiß ich, dass es für ihn nur ein Spiel ist. Ein Ich-hatte-Lust-mit-dir-zu-poppen-und-da-hab-ich's-getan-Ding. Nichts Geheimnisvolles. Keine Liebe und selbstverständlich keine Hexerei.
Wenn ich nur auch so wäre. Einfach denken: »Hoppla, das will ich jetzt und darum tu ich's auch.«
Aber nein. Stattdessen liege ich hier und grüble Warum und Wie und Was-hab-ich-getan und Was-bin-ich-geworden, bis es Morgen ist, ich endlich wegdämmere und eine Stunde schlafe, bevor der Wecker läutet, und ich mich aus dem Bett hieve. Ich schminke die blauschwarzen Ringe unter den Augen weg und schleppe mich in die Schule, wo ich ihm aus dem Weg gehe, damit er mir nicht so nahe kommt, dass ich seinen Duft einatmen muss, denn wenn ich das tue, werde ich wieder verhext, und das führt wieder zurück in meine schlaflose Wohnung zu allen Warums und Wiesos.

»Ich glaube, ich lege mir eine Freundin mit gewissen Vorzügen zu«, sagt Tor. »Das muss ja das absolut Optimale sein. Man schickt eine SMS, wenn man gerade scharf ist, dann trifft man sich und schläft miteinander. Und das ganze Gegurke zwischendrin bleibt einem erspart.«
»Was für ein Gegurke?«, frage ich.
»Ach, du weißt schon, Essen gehen und Blumen und Erwartungen und Zoff und so.«
»Also, eine Beziehung handelt ja auch noch von ein paar anderen Sachen.«
Wir überqueren den Parkplatz hinter der Bibliothek, ich kicke in den Kies.
»Und was ist, wenn man sich verliebt?«, frage ich.
»Dann muss man eben zusammen sein. Ist ja nicht so, als würde man einen Vertrag auf Lebenszeit unterschreiben.«
»Und wenn nur der eine sich verliebt?«
»Der Trick ist natürlich, jemanden auszusuchen, in den man sich garantiert nie verlieben würde.«
Wir bleiben stehen und schauen uns an. Dann schütteln wir gleichzeitig die Köpfe und lachen.
»Ehrlich, du bist die Allerbeste, aber ich bin so gar nicht scharf auf dich.«
»Danke gleichfalls.«

Ich werde es nie zugeben, aber Tor hat Recht. Es wäre tatsächlich optimal, jemanden zu haben, mit dem man ab und zu schlafen könnte. Sex ohne Schlampenpanik, kein Mensch bräuchte es zu erfahren. Unkompliziert. Keine gebrochenen Versprechen, keine gekränkten Exfreunde oder Exfreundinnen, die man anlügen muss. Einfach bloß ein bisschen poppen. Haut an Haut. Klimax.

Ich simse Danijel ein unschuldiges kleines »Was machst du gerade?«.
Er antwortet: »Nicht jetzt, bin bei m.« Fühlt sich kein bisschen optimal an.

Übers Wochenende fahre ich nach Hause. Will mich vergewissern, dass alles in Ordnung und der Unruhekloß im Bauch unnötig ist. Und das ist er. Alles ist ganz normal. Mama macht Wäsche und Papa ist mit der Dorfmannschaft beim Strandputz. Eigentlich hatte ich mitkommen wollen, um die ganze Meute in ihren Arbeitsoveralls mitten im Tang zu fotografieren, aber es schüttet, darum bleibe ich in meinem Zimmer und lerne.

Am Abend fahre ich mit Mini-Felix und der Mopedbande zum Festplatz. Dort sieht es aus wie in einer Geisterstadt – das kreischende Tor, die verriegelten Buden und Kioske und die Lichterkette mit den kaputten Glühbirnen. Wir hängen beim Tanzboden ab, weil der überdacht ist. Irgendjemand hat Bier dabei, aber Felix lehnt mit einem vorbildlichen »Ich muss ja noch fahren« ab. Vielleicht, weil ich dabei bin? Bis auf eine Gruppe Vierzehnjähriger sind noch ein paar ältere Typen da, die die Mädels zum Mitfahren in ihre Volvos locken wollen, was die Mädels aber nicht sonderlich zu interessieren scheint.
Eines der Mädels, Mimmi, vertraut mir seinen Liebeskummer an. Ich versteh nicht so ganz, was sie meint, nur dass es mit Felix zu tun hat und irgendwie auch damit, dass er irgendwas nicht checkt, oder vielleicht checkt auch sie es nicht, womöglich gibt's auch überhaupt nichts zu checken. Inzwischen hat der Regen aufgehört, und weil Mimmi drin-

gend wieder nüchtern werden sollte, drehen wir eine Runde um die Klohäuschen.
Als wir zurückkommen, sind noch mehr Leute eingetroffen. Unter anderem auch Kalle, er kommt uns entgegen, offensichtlich total voll.
»Ohlifvia«, nuschelt er und dann noch etwas, das ich nicht verstehe.
Er schwankt zu mir her und schmatzt mit den Lippen irgendwo in der Gegend von meinem Mund rum, worauf ich ihn wegschiebe. Da packt er mich am Nacken, zieht mich an sich und versucht mich noch einmal zu küssen. Voller Panik befreie ich mich, drehe mich heftig weg und knalle meinen Schädel dabei direkt auf Kalles Nase. Da lässt er mich los und taumelt zurück. Hält sich die Nase.
»Beim letzten Mal haste dich nicht so angestellt. Los, komm her, du prüde Fotze!«
Das hören natürlich alle, Kalles Kumpels wiehern. Felix bestaunt die Szene mit offenem Mund, ein paar der anderen kichern verlegen. Ich drehe mich um und gehe. Felix holt mich ein und schiebt schweigend sein Moped neben mir her. Ich schäme mich und kann ihn nicht anschauen, starre nur auf die Straße.
»Dramaqueen«, sagt er schließlich.
Ich schubse ihn leicht.
»Mann, ausgerechnet Kalle«, sagt er grinsend. »Du bist ja voll die Schlägerbraut!«
Dann schubst er mich ebenfalls, ist sich aber seiner eigenen Kraft so wenig bewusst, dass ich umkippe. Felix schreit auf, lässt sein geliebtes Moped auf den Asphalt fallen und fragt be-

sorgt, ob ich in Ordnung sei. Und das alles ist so komisch, dass ich lauthals loslache. Ich greife nach seiner helfend ausgestreckten Hand, ziehe ihn aber zu mir herunter, anstatt mich selbst hinaufzuziehen. Dann liegen wir auf der nassen Straße, die Feuchtigkeit durchdringt alle Kleiderschichten und wir lachen und lachen.

»Prüde Fotze«, japst Felix.

Und da lache ich noch heftiger, denn das ist tatsächlich hysterisch komisch. Prüde, das ist wohl das exakte Gegenteil von dem, was ich eigentlich bin.

Als ich auf den Bus warte, kommt Kalle in dem neuen silbergrauen Mercedes seines Vaters angefahren und sagt, er wolle mit mir reden. Ich sage, ich hätte keine Zeit.
»Und außerdem fällt mir echt nichts ein, was wir uns zu sagen hätten.«
Der Motor läuft immer noch, Kalle steht in der offenen Fahrertür, die Arme aufs Dach gestützt, und sieht mich mit rot unterlaufenen Augen an.
»Bitte«, sagt er. »Ich fahre dich in die Stadt.«
»So kannst du hier nicht stehen bleiben, du blockierst den Bus.«
Ich finde mich ziemlich cool, starre unverwandt auf die Straße hinaus. Ignoriere die Augen. Ignoriere, dass er wieder der anständige alte Kalle ist, der außerdem garantiert einen höllischen Kater hat. Erwische mich selbst dabei, wie ich auf der Unterlippe kaue.
»Sei nicht so«, sagt er im selben Moment, als der Bus wie ein kleiner gelber Punkt jenseits des Steinbruchs auftaucht.
»Ich bin's doch, Kalle. Wir kennen uns doch schon ein Leben lang.«
»Ich weiß nicht.«
»Keine Tricks«, sagt er und hält die offenen Hände hoch.
Und ehrlich gesagt ist es nicht ganz einfach, auf einen Typen sauer zu sein, der im vollen Ernst »keine Tricks« sagt, vor allem, wenn er unruhige Augenbrauen hat und strubbelige Haare. Nein, das ist unmöglich. Als der Bus blinkt, um in die

Haltestelle einzubiegen, setze ich mich trotz allem in den Mercedes. Aber auf den Rücksitz. Kalle schaut fragend in den Rückspiegel, ich erkläre jedoch, ich würde das Ganze als billige Taxifahrt betrachten und da würde sich kein stilbewusster Mensch vorne hinsetzen.

»Fahr schon los.«

Dann fängt er an zu reden. Ich hatte eine kurze Entschuldigung erwartet, »Hey, ich war einfach voll, tut mir leid« oder so ähnlich, aber er redet über alles. Seit dem Abend damals habe er immerzu an mich gedacht, sich aber wegen John nicht getraut mich anzurufen. Er sagt, ich sei »klug und witzig, und hübsch, natürlich«. Und als er mich letzten Freitag in der Stadt gesehen habe, sei er so verblüfft und glücklich und froh und alles gleichzeitig gewesen, aber ich hätte ihn ja nicht gesehen und dann sei ich plötzlich verschwunden. Da habe er beschlossen, nächstes Mal dürfe es nicht so laufen, beim nächsten Mal werde er mich nicht einfach gehenlassen. Und dann sei ich gestern plötzlich da gewesen und alles sei schiefgegangen. Er sei so betrunken gewesen und, na ja, er erinnere sich natürlich nicht an alles, aber die anderen hätten es erzählt.

»Tut mir leid«, sagt er.

»Du hast mich prüde Fotze genannt.«

Vom Rücksitz aus kann ich es nicht sehen, vermute aber, dass er verlegen wird.

»Ja, das haben sie mir erzählt. Logisch, dass du mich jetzt hasst.«

Mir fällt nichts mehr ein, was ich sagen könnte. Zu blöd, dass ich mich nicht vorne hingesetzt hab, dann könnte ich seinem

Blick begegnen und sagen: »Alles klar, Entschuldigung angenommen.« Jetzt dagegen lässt mich die Mauer der Rückenlehnen verstummen, ohne dass ich etwas dagegen tun kann.

»Okay, damit wären wir in der Stadt. Wohin wünschen das gnädige Fräulein gefahren zu werden?«

»In die Lagmansgata, bitte. In die Lagmansgata 8.«

Als ich den Kopf hebe, begegne ich dem Rückspiegelblick, der tatsächlich wieder lächelt.

»Hm, weil das hier kein echtes Taxi ist, musst du mir schon den Weg sagen.«

Bevor ich aus dem Auto steige, sage ich schließlich dann doch, es sei okay, ich sei nicht mehr sauer. Direkt bevor ich die Tür zuschlage, holt er tief Luft und ruft: »Also darf ich dich anrufen?«, und weil es irgendwo in der Magengegend wieder warm wird, halte ich den Daumen hoch. Bei Jungs, die »keine Tricks« sagen, kann man ruhig mal den Daumen hochhalten.

Tor simst: »Ich höre da so seltsame Gerüchte. Bist du okay?«, worauf ich antworte: »Ich krieg da so seltsame SMS. Bist du okay? Hör lieber nicht mehr auf die Stimmen in deinem Kopf«, und er antwortet: »Du meinst die Stimmen, die meine beste Freundin eine prüde Fotze nennen?«, und ich antworte: »Warum nennst du deine beste Freundin eine prüde Fotze? Auf diese Stimmen solltest du wirklich nicht mehr hören.« Und er antwortet: »:)«

Kalle ruft an und fragt, ob ich mit ihm ins Kino will. Ich beschließe, hoppla-das-will-ich-und-darum-mach-ich-das.
»Nein danke«, sage ich. »Aber du kannst gern herkommen und bei mir einen Film gucken.«
Er braucht eine Stunde und fünfzehn Minuten, um herzufahren. Zeit genug, um zu duschen, mich zu schminken, mich vier Mal umzuziehen, sämtliche ausgemusterten Klamotten wieder in den Schrank zu räumen, den Abwasch zu machen, das Bett zu machen, sämtliche CDs alphabetisch zu ordnen und das ganze Bücherregal abzustauben.

Ich lasse ihn den Film aussuchen, dann setze ich mich eng neben ihn, aber nichts passiert. Presse meinen Schenkel versuchsweise an seinen. Keine Reaktion. Spiele mit meinen Haaren herum und stoße dabei aus Versehen an seinen Brustkasten.
»Oh, tut mir leid«, sagt er und rückt ein Stück von mir ab.
Also rücke ich auch von ihm weg und ziehe die Beine aufs Sofa, während ich weiterhin den Film angucke. Da berührt er meine Fußsohle ganz leicht mit den Fingern und das kitzelt so sehr, dass ich zusammenzucke und kichern muss.
»Aha, so ist das!«, sagt er, beugt sich vor und kitzelt mich in der Taille, bis ich ihn kreischend vor Lachen anflehe aufzuhören.
»Was krieg ich, wenn ich aufhöre?«
»Was du willst! Alles, was du willst!«

»Sicher?«
»Versprochen! Hör auf!«

Wir liegen uns gegenüber auf der Seite. Er ist sehr behutsam, streicht mit den Händen über meine Kleider und berührt meine Haut nur ganz kurz am Rücken. So, als würde er jederzeit erwarten, dass ich es mir anders überlege.
Schließlich frage ich, ob er über Nacht bleiben will. Er nickt und ich krabble vom Sofa. Hole eine neue Zahnbürste für ihn, mit der er sich ins Bad verzieht. Er schließt hinter sich ab. Überlege, was besser ist – einen Schlafanzug anziehen oder nackt sein. Entscheide mich für den Mittelweg und lasse Unterhemd und Slip an. Er bleibt lange im Bad, während ich unter der Bettdecke liege und mich auf Lustgefühle zu konzentrieren versuche, mich aber dabei ertappe, immer wieder an die Schule und die Spanischvokabeln zu denken.
Doch dann kriecht er zu mir unter die Decke und berührt meine Hüfte und da muss ich mich an ihn drücken. Er schmeckt nach Zahnpasta und riecht wie meine Seife. Als ich mit den Fingerspitzen auf seinem Bauch hin und her fahre, schließt er die Augen, atmet tief ein und lächelt.
Er kommt ziemlich schnell. Hinterher stehe ich auf und geh aufs Klo. Als ich zurückkomme, hat er schon seine Unterhose angezogen und da zieh ich mir auch was an, bevor ich ins Bett schlüpfe. Wir liegen wie zwei Löffel aneinandergeschmiegt da, und kurz bevor ich einschlafe, schiebt er zwei Finger unter den Schlüpferrand. Sie passen gut neben meine Leiste. Ehrlich gesagt passen sie perfekt.

Als Kalle aufsteht und unter die Dusche geht, schicke ich Emma eine SMS: »Nehme alles zurück. Bin weder verhext noch in Danijel verliebt. Bin in Kalle verliebt.«
Sie antwortet, wir müssten uns treffen, und ich schreibe: »Ich rufe gleich an, wenn er gegangen ist.«

»Bist du dir ganz sicher, dass du deine Gefühle jetzt nicht ein bisschen durcheinanderbringst?«, fragt Emma.
»Nein, wieso?«
»Ehrlich gesagt glaube ich nämlich, du bist eher geil als verliebt.«
»Das glaube ich nicht.«

Ich öffne die Gefriertruhe, durchwühle Papas Menüs und versuche festzustellen, worauf ich Lust habe. Nach einer Weile merke ich, dass ich immer noch automatisch alles liegenlasse, das John besonders schätzt. Damit es noch da ist, wenn er zurückkommt.
Ich rufe Tor an.
»Nenn mir eine Zahl zwischen 1 und 100.«
»21«, sagt er.
»Danke«, sage ich und lege auf.
Zähle die Menüdosen ab, Nummer 21 ist Chili con carne. Dann tue ich so, als hätte ich keinen blassen Schimmer, was John von Chili con carne hält. Wärme es in der Mikrowelle auf und esse direkt aus der Dose.

Am Freitag fahre ich nach Byxelkrok, Mama hat Geburtstag und Papa hat das halbe Dorf zum Speckknödelessen eingeladen.
»Ich will nicht feiern und das hab ich ihm auch gesagt«, berichtet Mama. »Aber er hört ja nicht zu.«
»Ist doch klar, dass gefeiert werden muss«, sage ich.
Tue so, als würde ich nicht sehen, dass sie sich umdreht und sich schnäuzt. Als würde ich nicht sehen, wie sie in die Toilette schlüpft, um sich frisch zu schminken.
Als die Gäste an der Tür klingeln, mache ich auf, begrüße sie, lächle höflich und sage, Mama kommt gleich, nehme Blumen entgegen und hole Vasen heraus. Papa rennt lachend zwischen Küche und Wohnzimmer hin und her. Kalle ist auch da, aber mir fällt nichts zu sagen ein, werde bloß verlegen und suche mir einen möglichst weit entfernten Platz.
Als Mama endlich an der langen Tafel Platz nimmt, dirigiert Papa »Hoch soll sie leben«. Ich konzentriere mich darauf, bei den hohen Tönen extra laut zu singen, genau wie Papa es mir beigebracht hat.
Später gehe ich in die Garage, um mehr Bier zu holen. Da kommt Kalle hinterher, er sagt, er denke jeden Abend an mich. Ich lehne mich an die Wand und ziehe ihn an mich. Er küsst mich, ich schiebe sein T-Shirt hoch und befühle seinen Bauch. Ihm bleibt die Luft weg, ich liebe es, das zu hören.
»Sehen wir uns morgen?«, flüstert er und ich nicke.

Er wohnt auf dem Hof seiner Eltern in einem eigenen Haus, das zwar kaum größer ist als meine Wohnung, aber eine richtige Küche hat. Blau gestrichene Wände, Flickenteppiche auf hellem Holzboden, schwarzes Bücherregal und schmales Bett mit zerknittertem Überwurf. Es riecht frisch geputzt und er legt Songs von Lars Winnerbäck auf.

»Wenn du willst, kannst du dir was anderes aussuchen«, sagt er.

Ich schüttle den Kopf, sage, das sei echt super. Als er fragt, ob ich was trinken wolle, zucke ich die Schultern.

»Vielleicht ein Bier?«

Ohne auf die Antwort zu warten, verschwindet Kalle in die Küche. Ich setze mich aufs Sofa, ziehe die Beine zum Schneidersitz herauf. Versuche die Buchrücken zu lesen, doch das Regal steht zu weit weg und ich trau mich nicht, wieder aufzustehen, weil ich nicht als neugierig ertappt werden will. Er kommt zurück, reicht mir eine Flasche Red Stripe und setzt sich neben mich. Ich weiß nicht, was ich sagen soll, trinke immer wieder, um Zeit zu gewinnen.

»Ich glaub, ich bin ein bisschen nervös«, sagt er plötzlich.

Da entspanne ich mich und sehe ihn an. Will gerade »Ich auch« sagen, doch dabei entfährt mir ein superlauter Rülpser. Bilde mir sogar ein, sein Echo gehört zu haben. Da müssen wir beide gleichzeitig lachen.

»Vielleicht hängen wir einfach ein bisschen ab und sehen, was dann passiert«, schlage ich vor.

»Gute Idee.«
Dann holt er ein Kartenspiel hervor. Wir trinken noch mehr Bier und kichern pausenlos. Er lässt mich gewinnen. Manchmal streifen sich unsere Hände, da kichern wir noch mehr. Schließlich kann ich nicht anders, muss ihn einfach küssen. Er flüstert: »Endlich.«

Am Montag rufe ich ihn an und frage, ob wir jetzt zusammen sind.
»Ja, gern«, antwortet er.

»Aber er ist ja immer noch Bauern-Kalle«, sagt Tor.

»Hör auf!«

»Ich werde ihn nicht mehr Bauer nennen, wenn er kein Bauer mehr ist.«

»Kalle ist echt in Ordnung.«

»Klar ist er das.«

Bei Martin wird noch nachgefeiert. Eigentlich wollte ich früh nach Hause, aber als Kalle lächelte, kam ich mit. Jetzt steht er mit Tor in der Küche und redet über Autos oder den FC Kalmar oder Milchkühe oder was auch immer. Keine Ahnung. Denn inzwischen ist John hier, er fängt meinen Blick ein und weigert sich ihn loszulassen.

Ich stehe auf und komme ihm zwischen dem Couchtisch und dem Fernseher entgegen.

»Hallo, wie geht es dir?«, sagt er und umarmt mich.

Ich umarme ihn auch und spüre seine Wärme. Sie breitet sich in meinem ganzen Körper aus. Er lockert den Griff ein wenig, lässt mich aber nicht ganz los, sondern beugt sich vor, legt seine Stirn an meine, sieht mir in die Augen und steht ganz still. Wir atmen im Takt. Und alles andere ringsum verschwindet.

Wir verdrücken uns in den Flur, ziehen unsere Sachen an und gehen dann zu mir nach Hause. Er flüstert: »Du hast mir gefehlt.« Ich lege ihm die Arme um den Hals und ziehe ihn ins Zimmer. Als er reden will, küsse ich ihn beschwichtigend. Alles geht sehr schnell, wir liegen auf dem Bett, er knöpft meine Jeans auf und schiebt die Hand hinein, dann atme ich schneller, weil ich weiß, dass er das so haben will. Als er in mich eindringt, wimmere ich leise, schaukle unter ihm, halte die Luft an und schließe die Augen, als er kommt.

Er rollt von mir herunter, küsst meine Stirn und sagt, er habe ganz vergessen, wie wundervoll ich mich anfühle. Dann schläft er ein. Ich bin hellwach.

Wir waren seit einem Monat zusammen und Papa hatte ein Festessen vorbereitet. Mama hatte im Wohnzimmer mit dem blauen Porzellan und Stoffservietten gedeckt. John saß zwischen mir und Mini-Felix. Ich hatte eine Heidenangst, dass Papa peinlich werden und John nach Absichten und Zukunftsplänen aushorchen würde, aber er verhielt sich ungewöhnlich normal. Und John war höflich und perfekt und unterhielt sich erwachsen mit meinen Eltern, mit Felix dagegen riss er Witze. Ich war selig und wusste, dass jeder auf der ganzen Welt jetzt gerade am liebsten an meiner Stelle wäre. Beim Nachtisch sagte Papa: »Willkommen in unserer Familie«, und da wurde ich verlegen, aber vor allem stolz, denn obwohl ich erst vierzehn war, wusste ich, dass das hier das Wahre war, und selbst wenn ich es nie so hätte formulieren können, war es von lebenswichtiger Bedeutung, dass Papa John akzeptierte.

Jetzt denke ich daran, wie sehr Papa sich darüber freuen wird, dass John wieder da ist.

John wälzt sich schwer auf die andere Seite, als ich mich aus seinen Armen löse und aufstehe. In der Dusche summe ich vor mich hin, dann sprühe ich mir Parfüm zwischen die Brüste und auf die Handgelenke, bevor ich in den Morgenmantel schlüpfe. Bereite das Frühstück vor und denke daran, die Schranktüren leise zu öffnen und zu schließen.

Als er aufwacht, sitze ich auf dem Sofa und lese. Er geht direkt ins Bad und lässt das Wasser lange ins Waschbecken rauschen. Als er ins Zimmer kommt, schenke ich ihm sofort Kaffee ein.

»Ich weiß ja, dass du sonst nie aufwachst«, sage ich. »Mein Schatz.«

Wie tausend Mal zuvor. Er nimmt die Tasse entgegen, trinkt aber nicht.

»Du, Olivia …«

»Was ist?«

»Also das hier … das war ja nur … ich meine, zwischen uns ist es ja aus.«

»Ach was, das spielt jetzt doch keine Rolle mehr. Das verstehe ich.«

Endlich lächelt er.

»Du bist die Beste.«

Ich lächle ebenfalls, denke, ich liebe ihn.

»Das meine ich wirklich. Die meisten Mädels würden es nicht okay finden, einfach so Sex zu haben, vor allem nicht mit einem Ex.«

»Was?«

»Also, ich meine natürlich nicht, dass du eine Schlampe bist oder so was. Mit uns ist das was anderes. Ich kenne dich ja. Und kein Mensch braucht etwas davon zu erfahren. Falls es wieder mal vorkommen sollte, meine ich.«

»Aber ich hab geglaubt …«

»Was denn? Dass wir …?«

Er seufzt, stellt die Tasse ab, fährt sich mit der Hand durchs Haar.

»Mensch, Olivia. Ich mag dich natürlich und das gestern war super, aber ehrlich … zwischen uns ist es aus.«

Damit geht er in den Flur, bindet sich die Schuhe zu und zieht seine Jacke über. Ich bleibe sitzen und konzentriere mich darauf, nicht zu weinen. Dann höre ich, wie er die Tür öffnet und hinaustritt, bevor er plötzlich kehrtmacht, höre, wie er mit den Schlüsseln klappert.

»Fast hätt ich's vergessen«, ruft er. »Du musst doch deinen Schlüssel wiederhaben. Ich lege ihn hierhin.«

Ich kauere mich aufs Sofa und warte darauf, in das große schwarze Katastrophenloch zu fallen. Aber es kommen keine Tränen. Ich bin bloß wütend. Auf John, weil er mich nicht wirklich haben will, auf mich selbst, weil ich so leichtgläubig bin, und auf diese ganze verfluchte, beschissene, schwanzorientierte Welt.

Dann stehe ich auf, nehme die Kerzenlaterne vom Couchtisch und sehe mich selbst, wie ich sie an die Wand pfeffere, und höre mich selbst brüllen. Das tut gut.

Schließlich rufe ich Kalle an, doch der legt auf. Versuche es

noch einmal. Aufgelegt. Und noch einmal, und noch einmal.
Dann simse ich ein »Hallo?« an Danijel und bekomme sofort eine Antwort.

Hinterher erzähle ich ihm, dass ich gestern mit einem anderen Typen zusammen war, in der Hoffnung, dass er sauer wird. Oder wenigstens fragt, mit wem.
»Ja, das hab ich mir fast gedacht«, sagt er nur und deutet auf die Laternenscherben.
Ich lege mich auf den Bauch und wende den Kopf so, dass ich ihn im Profil sehe. Auf dem Nasenflügel hat er kleine schwarze Poren.
»Dann sind wir also okay?«
»Das hier ist doch mehr als okay«, sagt er und sieht mich an.

Am Abend ruft Emma an.
»Wahnsinn, das mit John! Ist ja sagenhaft. Endlich!«, sagt sie. »Aber was machst du jetzt mit Kalle? Und was wird mit Jonna?«
Ich antworte, ich könne jetzt gerade nicht reden, und lasse sie glauben, es sei John, den man im Hintergrund hört.

»Leute, die zusammen sind, sollten nicht in der Gegend herumpoppen«, sagt Tor. »Das ruiniert den Markt für uns Singles.«

»Ich bin mir ziemlich sicher, dass ich nicht mehr mit jemand zusammen bin«, sage ich.

»Aber trotzdem, das kommt mir irgendwie ungerecht vor.«

»Wie konntest du nur so verdammt bescheuert sein?«

Emma überschüttet mich mit Fragen, sie spricht alles aus, was ich nicht hören will. Wieso hatte ich nicht sofort geblickt, dass es nicht aufrichtig gemeint war? Warum hatte ich mit John geschlafen, obwohl er weiterhin mit Jonna zusammen ist? Was hatte ich mir dabei gedacht, wo sollte das hinführen? Und Kalle? Wie konnte ich Kalle so etwas antun?

Ich habe keine einzige Antwort. Keine Erklärungen, keine Verteidigung.

John ruft an, aber ich antworte nicht. Er hinterlässt eine lange Nachricht, dass er an mich denkt und mich treffen will, er wolle wissen, wie es mir geht, sagt er. Er möchte, dass wir trotz allem weiterhin Freunde bleiben. Und dabei waren wir vielleicht nicht einmal Freunde, als wir noch zusammen waren, denke ich.

Seit einiger Zeit dringt ein komischer Geruch aus dem Kühlschrank, heute Morgen hat sogar der Joghurt nach Schimmel geschmeckt. Also mache ich sauber. Entdecke eine verfaulte Zwiebelhälfte, vier Kartoffeln mit langen Wurmbeinen, irgendwas Pelziges, das ursprünglich vermutlich eine Zitrone war, und eine Dose mit undefinierbarem Inhalt.
»Sie lebt!«, sagt Danijel aufgekratzt und schüttelt die Dose vorsichtig. »Wir taufen sie Bengt. Du kannst sie ins Bad stellen.«
»Du kriegst das alleinige Sorgerecht«, sage ich und werfe alles in den Müll.
Abgesehen von ein paar hartnäckigen kleinen schwarzen Flecken im zweiten Fach ist der Kühlschrank wie neu.
»Das müssen wir feiern«, sagt Danijel.
Er küsst mich und presst mich an die Spüle. Es fällt schwer, ihn nicht gernzuhaben.

»Also, ich raff das nicht«, sagt Tor. »Bist du jetzt mit Danijel zusammen, oder was?«

»Nein, der ist mit Maja zusammen.«

»Und die ist damit einverstanden, dass ihr miteinander schlaft?«

»Weiß ich nicht, ich kenne sie ja nicht.«

Wenn ich mit Danijel zusammen bin, ist alles gut. Wenn er hier ist, spielt alles andere keine Rolle.
Wenn er nicht hier ist, denke ich an John und Kalle und alles Übrige, das zum Teufel geht. Und alles ist meine Schuld, und ich kann nichts wiedergutmachen, und das tut so weh, dass ich gar nicht daran denken kann.

»Ich weiß, wie Jungs ticken«, sagte John.

Bei Tor sollte ein Fest steigen, das erste Klassenfest, und John war bei mir, während ich mich umzog. Er fand, ich solle einen längeren Rock anziehen.

»Jeans sehen übrigens auch gut aus«, sagte er und umarmte mich von hinten. »Du willst doch hoffentlich nicht signalisieren, du wärst zu haben?«

»Ich singe jetzt im Chor mit«, sagt Tor.

»Kannst du denn singen?«

»Nein, glaub ich nicht. Aber es heißt immer, sie suchen noch mehr Jungs, also muss das Potenzial für einen Quickie enorm sein.«

Ich weiß nicht, ob ich ihm sagen soll, dass er ekelhaft ist, oder ob ich ihm Glück wünschen soll, darum lache ich bloß.

Abbas' Eltern sind verreist, darum gibt's bei ihm eine Party zum Vorglühen. Ich trinke Drinks mit Gin aus großen Gläsern. Emma sagt, jeder zweite Drink sollte Wasser sein. Die hat echt Humor.

Anschließend gehen wir ins Bistro. Tor besorgt mir einen komischen grünen Drink, den ich gegen den von Danijel austausche, denn der schmeckt besser. Ich bin wacklig auf den Beinen und kichere viel und irgendwann küsst mich jemand aufs Haar, vielleicht Danijel oder Abbas. Ich gebe vor es nicht zu merken. Als ich Emma auf die Bar zukommen sehe, ziehe ich Tor schnell auf die Tanzfläche, die anderen kommen hinterher. Abbas tanzt in meiner Nähe und Tor will wissen, was hier eigentlich gespielt wird.

»Mit dem da möchte ich gern rumknutschen«, sage ich und zeige auf einen langen Kerl aus der Nachbarclique.

Er hat dunkelbraune Augen, die mich ein bisschen zu intensiv anschauen. Tor nickt lächelnd und ich spiele an meinen Haaren herum und mache eine Drehung, um näher an die Augen ranzukommen. Tanze und denke: Ich bin sexy. Es genügt schon zu denken, dass man sexy ist, dann wird man es auch, das hab ich mal gelesen. Emma kommt zu mir her und sagt etwas, das ich nicht höre, aber ich kann an ihren Lippen ablesen, dass sie flucht. Ich lache nur und da verzieht sie sich.

Ich drehe mich wieder um und lande in den Armen eines etwas kurz geratenen Typen in grauem Kapuzenpulli. Er legt mir die Hände auf die Hüften und wir tanzen eng aneinandergedrückt und knutschen kurz. Ich lehne mich nach hinten, an einen Bartisch, schiele zu unserer Clique rüber und sehe Danijels Lippen auf dem Mund einer anderen. Denke: Danijel ist sexy. Wüsste gern, ob andere auch sexy werden, wenn man das von ihnen denkt. Der Graupulli hat seine Zunge in meinem Ohr, und obwohl ich weiß, dass das erregend sein soll, schaudere ich und spanne die Schultern an.

»Hast du Lust?«, keucht er.

Ich tu so, als würde ich nicht kapieren, was er meint, da fragt er mich noch einmal.

»Weiß nicht«, antworte ich und dann knutschen wir wieder ein bisschen.

Er drückt sich an mich und ich presse mein Bein an seinen Schritt. Da kommt Jenni her und fragt, ob sie mich retten soll.

»Weiß nicht«, sage ich wieder, folge ihr aber trotzdem zur Bar.

Wir haben beide kein Geld mehr, darum stellen wir uns neben eine größere Gruppe, und als der Typ, der für alle bestellt hat, sich umdreht, um seinen Kumpels Bier zu reichen, schnappe ich mir seine Flasche und haue mit Jenni ab, während der Typ sich in eine verworrene Diskussion mit dem Barkeeper verwickelt.

»Du bist echt obercool«, sagt Jenni.

»Not kennt kein Gebot.«

»Nicht bloß das mit dem Bier, einfach alles.«

Ich nicke, denn sie hat ja Recht, heute Abend bin ich obercool. Als ich auf die Tanzfläche schaue, begegne ich Danijels Blick und hebe die Bierflasche, um ihm zuzuprosten. Er

winkt. Nachher werde ich mit ihm nach Hause gehen, aber vorher will ich mich noch ein bisschen amüsieren. Schaue wieder auf die Tanzfläche. Die dunklen Augen sind noch da, blicken aber in eine andere Richtung.
»Nimm«, sage ich zu Jenni und gebe ihr die Flasche.
Dann gehe ich zu den Augen hin und lege ihm die Hand auf den Arm.
»Entschuldige, aber mit wem bist du zurzeit zusammen?«
Er dreht sich um und sieht mich an.
»Warum? Hab gedacht, du bist mit dem da hier«, sagt er und zeigt in eine andere Richtung.
»Du musst mich mit jemand verwechseln. Ich bin mit dir hier.«
Er lächelt und öffnet die Arme, wir tanzen eng aneinandergedrückt. Er riecht gut.
Nach zwei Tänzen bedanke ich mich und gehe, und zwar nicht, weil ich so obercool bin, sondern weil mir schlecht ist. Ich trete ins Freie, um Luft zu holen. Danijel steht neben dem Eingang und bietet mir eine Zigarette an, aber ich lehne ab.
»Ich will nach Hause.«
Da geht er hinein und holt unsere Jacken, dann suchen wir ungefähr eine Viertelstunde lang nach meinem Fahrradschlüssel, bis mir einfällt, dass ich heute Abend nicht mit dem Rad gekommen bin. Als wir uns zu Fuß auf den Weg machen, stützt er mich. Vor der Feuerwache muss ich stehen bleiben und mich übergeben. Er hält meine Haare zurück, bis nichts mehr kommt, dann holt er beim Kebab Wasser. Ich trinke es gierig und übergebe mich noch einmal.

Als ich aufwache, habe ich immer noch den Geschmack nach Kotze im Mund und schlimmere Kopfschmerzen denn je. Am liebsten würde ich alles einfach wegschlafen, aber wenn ich die Augen schließe, sehe ich mich selbst auf der Tanzfläche und irgendwelche Hände unter meinem BH, spüre eine Zunge in meinem Mund, höre Keuchen in meinem Ohr, spüre einen Ständer an meinem Bauch. Und alle waren da, alle haben es gesehen, und ich habe keine Ahnung, wer er war, weiß nur, dass er einen grauen Pulli anhatte und ich eigentlich woanders hinwollte, das aber dann doch nicht so wichtig fand. Und dass es sich genau da, in jenem Moment, einfach nur krass gut anfühlte.

Jetzt ist es ekelerregend. Jetzt bin ich wieder ich selbst und ich selbst verhalte mich nicht so.

»Psychokater«, sagt Tor. »Das ist nur der Alkohol, der den Körper verlässt.«

»Oder ich bin wirklich ein total wertloses Ekel.«

»Hör auf, meine beste Freundin schlechtzumachen!«

»Weiß sie, dass wir uns treffen?«, frage ich.
»Nicht direkt«, antwortet Danijel.
»Was heißt das?«
»Wir haben eine ziemlich offene Beziehung und ich glaube, ihr ist klar, dass es eine gibt, die ich öfter treffe.«
»Eine oder einige?«
»Wie jetzt! Bist du eifersüchtig, oder was?«

Alles ist schon so lange verrückt, dass das Verrückte normal geworden ist. Ich gehe in die Schule, sitze im Klassenzimmer und bin total auf den Unterricht konzentriert. Dann ist Pause, Danijel nennt mich und alle anderen »sexy Babe«, und ich geb ihm Kontra, als ob nichts wäre, kein Mensch kann ahnen, dass er erst vor ein paar Stunden neben mir in meinem Bett gelegen hat, und ich verschwende keinen einzigen Gedanken daran, dass er bald in Majas Armen sein wird.
Und Tor ist auch da, er ist so wie immer, und obwohl alles andere so verdreht ist, bleibt er unverändert. Er sehnt sich danach, sich zu verlieben, behauptet aber, er wolle bloß mit jemandem rummachen. Er sagt, er wäre gern mehr so wie ich, meint damit aber, so wie ich früher war. Er möchte ein »Olivia und John«-Leben haben, kein »Olivia und manchmal Danijel, sonst eben irgendjemand«-Leben.
Denn obwohl es sich jetzt gerade total normal anfühlt, wird mich das Verrückte schließlich ganz verschlingen, und von so etwas kann sich kein Mensch jemals verschlingen lassen wollen.
Aber ich schaff es nicht, damit aufzuhören.

Ich liege auf Emmas Bett und blättere in der »Elle«, während Emma auf dem Boden herumkriecht und Säume absteckt. Ein Kleid für Silvester, falls es gut wird. Und das wird es ja jedes Mal.

»Könntest du eine offene Beziehung haben? Mit Martin, meine ich.«

»Nein, nie«, sagt sie mit Stecknadeln zwischen den Zähnen.

»Warum das denn? Bist du eifersüchtig, oder was?«, sage ich und höre sofort, wie verkehrt die Worte in meinem Mund klingen.

Emma richtet sich auf, sieht mich an und spuckt die Nadeln in ihre Hand aus.

»Wenn man jemanden liebt, soll man nur mit dem einen zusammen sein, finde ich wenigstens. Das ist eine Wahl, die man trifft, wenn man mit jemandem zusammen sein will – dass man sich nicht mit anderen einlässt.«

»Das sehen nicht alle so«, sage ich, ohne den Kopf zu heben.

»Ich weiß. Und ich werde wahrscheinlich nie kapieren, was Danijel eigentlich treibt. Aber wenn es dir so passt, wird's wohl okay sein.«

Ich schweige, aber Emma sieht natürlich den unsichtbaren Tränenkloß, der mir im Hals steckt. Sie legt sich neben mich aufs Bett und nimmt meine Hand. Ich tue weiterhin so, als würde ich nicht weinen, und sie lässt es gut sein.

»Hauptsache, du passt auf dich auf«, sagt sie.

Ich sitze vor meinem Tagebuch und habe beschlossen ehrlich zu sein. Ohne mir was einzureden oder mich zu belügen – hätte ich es lieber, richtig mit Danijel zusammen zu sein? Bin ich verliebt oder bloß scharf auf ihn? Oder ist es etwas ganz anderes?
Ich muss daran denken, wie gut es mir geht, wenn er hier ist, und wie froh es mich macht, wenn er in der Schule wie im Vorbeigehen meine Schulter streift. Dann erinnere ich mich an den Stich, den es mir versetzt, wenn er im Klassenzimmer meinem Blick nicht begegnet und wenn er meine SMS nicht beantwortet. Ich denke daran, wie weich seine Hände auf meinem Bauch ruhen und wie warm seine Lippen auf meinen Schultern sind. Und wie kalt es jedes Mal wird, wenn er das Bett verlässt und in den Flur geht, um einen Anruf zu beantworten.
Ehrlich, ungemogelt und ungelogen – das hier hat nichts mit Danijel zu tun.

»Die Leute reden über dich«, sagt Emma.
Ich nicke und schäme mich. Wir gehen in Richtung Svinö, ich habe den schmalen Pfad eingeschlagen, damit wir nicht nebeneinandergehen können. Als wir beim Anleger ankommen, setze ich mich hin, lasse die Beine überm Wasser baumeln, zähle die Autos, die über die Brücke fahren, und beschließe, wenn das zwölfte rot ist, werde ich alles erzählen. Ich werde von all dem Ekligen erzählen und dass ich inzwischen eine andere bin, werde erklären, wie sehr mein Körper sich sehnt, und zwar nicht nach einem Speziellen, sondern einfach nach irgendeinem, und werde gestehen, dass ich das nicht bremsen kann, wenn ich getrunken habe. Und dass ich es gar nicht bremsen will, weil es mir ehrlich gesagt gefällt, irgendjemanden haben zu wollen, obwohl ich weiß, dass es falsch ist.
Das Zwölfte ist ein gelber Bus, aber ich weiß nicht, ob die Regeln auch für Busse gelten. Wenn sie das nicht tun und das nächste Auto ein Feuerwehrauto ist – soll ich es dann erzählen?
»Ich bin doch deine Freundin«, sagt Emma. »Kannst du mir nicht erklären, was los ist? Bestimmt finden wir gemeinsam eine Lösung.«
Das nächste Auto ist blau.
»Gar nichts ist los«, sage ich. »Bloß ein paar Ausrutscher im Suff. Nichts Ernstes.«

»Ich glaube, ich bin eine Nymphomanin«, sage ich.
»Quatsch«, sagt Jenni.
Wir sitzen an ihrem Küchentisch und trinken Tee. Sie ist die Einzige, mit der ich zu reden wage.
»Ich denke krass viel an Sex. Möchte mit einer Menge Jungs schlafen, die ich gar nicht leiden kann.«
»Das tun doch alle.«

»Wär ja ganz nett, wenn du dich ab und zu daheim blickenlassen würdest«, sagt Mama.
»Ja, ich weiß.«
»Das kannst du natürlich halten, wie du willst. Aber Felix vermisst dich.«
Das ist purer Bullshit. Mini-Felix schert sich kein bisschen darum, wo ich bin. Aber als ich Mamas traurige Stimme höre und mir klar wird, dass ich dafür verantwortlich bin, kriege ich doch ein schlechtes Gewissen.

Bin bei Tor und lerne gerade Spanischvokabeln, als Danijel mich ansimst und fragt, ob wir uns treffen können. Antworte Ja und fahre direkt los, aber er wartet bereits in meinem Treppenhaus.

»Hey, bist du etwa schon hier gewesen, als du die SMS losgeschickt hast?«

»Wer weiß.«

Ich schließe auf und will schnell ins Bad, um Schweißreste wegzuspülen, aber Danijel hindert mich, umarmt mich von hinten und schnuppert an meinem Haar.

»Hab dich vermisst«, sagt er.

»Gut«, sage ich.

Hoffe, dass er mich fester an sich drückt, aber er lässt mich los.

»Gut? Mann, immer bist du so cool!«

»Bin ich doch gar nicht, wie meinst du das?«

Damit gehe ich ins Zimmer, ziehe meine Jacke aus und setze mich aufs Sofa. Er folgt mir und setzt sich neben mich. Umfasst mein Gesicht mit beiden Händen und zwingt mich ihm in die Augen zu sehen.

»Ich hab dich gern, ist dir das nicht klar?«

»Nein«, sage ich. »Das ist mir vielleicht nicht klar.«

»Sonst wär ich nicht hier«, sagt er. »Ich hab dich gern, und zwar echt.«

Ich beschließe meine Wohnung umzustellen. Tausche Bett und Sofa um, stelle den Schreibtisch ans Fenster und rücke das Bücherregal näher ans Bad. Die Schlepperei ist schwer und anstrengend, aber der Schmerz in den Armen tut mir gut.
Hinterher lade ich Emma und Tor zum Umgestaltungstee ein.
»Ist echt gut geworden!«, sagt Emma.
»Vor allem gefällt mir, wie fantasievoll du die Beleuchtung installiert hast«, bemerkt Tor und deutet auf die Schreibtischlampe, die immer noch zwischen Schrank und Bücherregal an der Wand sitzt.
Als Erstes montieren sie alle Lampen um, dann kommen die Bilder an die Reihe.
»Diese Schufterei muss mindestens eine Pizza wert sein«, sagt Tor schließlich.
Ich wühle in der Gefriertruhe, finde aber nur eine Tüte mit Hefeschnecken vom letzten Jahr.
»Vielleicht an der Zeit, mal wieder nach Byxelkrok zu fahren?«, meint Emma.
»Jetzt klingst du wie meine Mutter.«

Mitten in der Nacht wache ich auf und frage mich, wo ich bin. Alle Minigeräusche kommen mir neu vor und das Licht der Straßenlaternen fällt aus der verkehrten Richtung ins Zimmer. Erst nach mehreren Minuten geht mir auf, dass ich in meiner eigenen Wohnung bin, nur auf der anderen Seite des Zimmers. Beschließe, dass es so tatsächlich besser ist. Wie neu, nur ohne unangenehme Überraschungen.

Maja hat Schluss gemacht. Das hat Abbas Tor erzählt, der es mir erzählt hat.

»Danijel hat vergessen sich aus Facebook auszuloggen, und da hat sie seine Chats gelesen und ist total ausgerastet.«

Beim Gedanken an all die Sachen, die er mir geschrieben hat, und an das, was ich geantwortet habe, werde ich knallrot.

»Sie muss mich hassen.«

»Nicht nur dich«, meint Tor. »Aber vor allem ihn.«

Danijel hat nichts davon erwähnt, obwohl wir uns letzte Woche fast täglich getroffen haben.

Danijel knipst wie wild mit meiner Kamera. Ich fühle mich unwohl dabei, bin es nicht gewohnt, vor der Kamera zu sein.

»Entspann dich«, fordert er mich auf.

Ich kichere verlegen, er knipst.

»Ja, genau so, du bist echt das Topmodel.«

Klick, klick, klick. Er beugt sich vor und küsst mich, streckt den Arm aus und schießt eine ganze Serie Bilder von uns beiden. Dann legt er die Kamera auf den Boden und wirft mich aufs Bett. Und obwohl ich in diesem Moment wirklich genau hier sein will, bin ich von dem Gedanken besessen, jetzt sofort die Kamera aufzuheben, die Bilder in den Computer zu übertragen, sie zu vergrößern, das allerbeste auszusuchen und eine Sicherheitskopie davon zu machen, um diesen Augenblick immer wieder von neuem erleben zu können.

Morgen sollen wir irgendeinen bescheuerten Konditionstest machen. Emma hat gesagt, der sei krass wichtig fürs Abschlusszeugnis, aber heute Abend ist im Volkspark wieder ein Fest angesagt, darum wird es Tor und mir bald zu blöd, uns zu schonen, nur um morgen fit zu sein.

»Übrigens muss man ja nicht unbedingt was trinken«, bemerke ich.

»Übrigens bin ich manchmal ungewöhnlich gut drauf, wenn ich verkatert bin«, sagt Tor. »Und außerdem hab ich zufällig eine halbe Flasche Pfefferminzlikör.«

Also machen wir bei mir daheim ein kurzes Vorglühen. Ich simse Danijel an, kriege aber keine Antwort, nehme an, dass er schon dort ist und es wegen der Musik nicht hört. Dann ziehe ich mich um – statt Jeans ein kurzer schwarzer Rock.

Als wir ankommen, ist es schon rappelvoll. Abbas steht vor dem Eingang und ich frage ihn nach Danijel. Er zeigt ins Lokal, ich gehe hinein, aber Danijel ist nirgends zu sehen. Treffe Tor wieder im Foyer.

»Bestimmt ist er auf dem Klo.«

Ich nicke und hieve mich auf die Garderobentheke hinauf, zupfe an dem Rock und presse die Knie zusammen. Nach dem Likör hab ich immer noch Zahnpastageschmack im Mund. Ich hauche Tor an und frage, ob ich rieche.

»Wie eine Brauerei. Also nicht schlimmer als all die anderen hier.«

Da geht die Tür zum Abstellraum auf, dem mit dem Sicherungskasten, und Danijel kommt rückwärts herausgetorkelt. Ich kann gerade noch von der Theke rutschen, bevor ein Mädchen mit kurzen Haaren in einem blau gepunkteten Minikleid hinterherfällt. Jenni. Sie gehen weiter, zur Tanzfläche, haben nur Augen füreinander. Ich folge ihnen, will nur kurz checken, will Bescheid wissen, obwohl ich nicht das Recht habe, irgendwie zu reagieren.

Tor ist direkt hinter mir, und eine Hundertstelsekunde bevor ich begreife, was ich eigentlich sehe, spüre ich seine Hand auf meiner Schulter.

»Nicht aufregen, Olivia«, sagt er. »Nicht aufregen.«

Jennis Hände sind unter Danijels Shirt verschwunden, seine liegen auf ihrem Hintern, sie beugt sich nach hinten und sein Mund ist auf ihrem Hals, bewegt sich abwärts, zu ihrem Ausschnitt. Ich schließe die Augen, Scheiße, ich hab gewusst, dass das passieren wird, natürlich, immer. Spüre die Tränen und zwinge mich die Augen aufzureißen, damit der Mascara nicht verschmiert. Zwinge mich, direkt auf seine Zunge in ihrem Mund zu starren.

Tor rennt hinter mir her auf die Straße hinaus, ruft: »Warte!« Ich laufe weiter, drehe mich aber um, will sagen, alles okay, verpasse dabei den Rand des Gehwegs und stolpere auf den Asphalt. Mein ganzes Bein wird aufgeschrammt, die Strumpfhose ist zerrissen, ich blute und fange an zu heulen.

»Du hast was Besseres verdient«, sagt Tor. »Danijel ist doch der letzte Arsch.«

»Ich scheiß auf Danijel, aber mein Knie tut so verdammt weh.«

»Kannst du gehen?«, fragt Tor und hilft mir auf die Beine.

Ich nicke, schniefe und stolpere schon wieder. Es tut höllisch weh, muss mir auch noch den Fuß verstaucht haben.
»Ich fahre dich. Dein Fahrrad holen wir morgen.«

Tor hilft mir in die Wohnung hinauf, säubert die Wunde und verpflastert sie, holt die Tüte mit den Hefeschnecken aus der Gefriertruhe und bandagiert mein Fußgelenk. Kocht Tee und süßt ihn mit Honig, was sich nicht so gut mit dem Pfefferminzgeschmack verträgt. Ich schluchze immer noch.
»Soll ich bleiben?«, fragt er.
Ich nicke. Er schickt Pia eine SMS und richtet sich ein Bett auf dem Sofa. Bevor er das Licht ausgemacht hat, bin ich schon eingeschlafen.

Ich hinke zur Schulschwester, führe meinen suffbeschädigten Fuß vor und kriege ein Attest, womit mir der Konditionstest erspart bleibt.

»Was hab ich gesagt?«, bemerkt Tor. »Kein Grund zum Heulen, das alles.«

»Mädels heulen immer, wenn sie betrunken sind, hat dir das noch niemand gesagt?«

»Nein, ich verwechsle das immer mit PMS. Aber halt, ist das nicht ein und dasselbe? Mädels heulen immer im Suff und bei PMS. Wirklich hart, euer Leben!«

Da sehe ich Danijel im Flur näher kommen. Er trägt dieselben Klamotten wie gestern, aber sein Hemd sieht noch zerknitterter aus.

»Hallo, Hübsche.«

»Scheiße, was glaubst du eigentlich, wer du bist?«

Ich trete einen Schritt zurück und starre ihm direkt in die rot unterlaufenen Augen. Als ich seinen Atem rieche, kriege ich Brechreiz.

»Hey, ist was passiert, oder was?«

»Was passiert? Nein, höchstens dass du gestern mit Jenni rumgemacht hast wie ein Irrer.«

»Na und? Ich mach, was mir passt, verdammt noch mal!«

Da drehe ich mich um und gehe ins Klassenzimmer, weigere mich ihn sehen zu lassen, dass ich beinah weine.

Ich fühle mich blamiert.

Ich hab's ja die ganze Zeit gewusst und es okay gefunden. Ich war mit dem Nur-ab-und-zu-Deal ja einverstanden.

Aber gestern. Gestern war es, als hätte ich das vergessen, gestern war es, als würde ich aufhören zu denken und nur noch fühlen. Und da, ganz ehrlich, ungemogelt und ungelogen, war es kein bisschen okay. Da wollte ich diesen verbotenen Alleinanspruch auf Danijel haben.

Emma sagt kein einziges Mal »Was hab ich gesagt«. Wir liegen Kopf an Fuß auf ihrem Bett, ich hab ihr alles erzählt und sie schweigt die meiste Zeit.

»Da wär noch was«, sagt sie, als ich im Flur sitze und mir die Stiefel zuschnüre.

»Ich weiß ja nicht, ob es noch wichtig ist, aber John hat mit Jonna Schluss gemacht.«

Ich richte mich auf und sehe Emma an, suche nach irgendeinem Hinweis darauf, wie ich reagieren soll, aber sie bleibt völlig ausdruckslos.

»Nein«, sage ich schließlich. »Ich glaube, das ist nicht mehr wichtig.«

Jenni simst und fragt, ob ich sie treffen will. Ich lösche die Nachricht direkt. Als ich auch noch ihre Nummer löschen will, bemerkt Tor, dass es eigentlich ja nicht ihre Schuld ist.
»Sie konnte es doch gar nicht wissen, alles war ja total geheim.«
»Ich hasse sie trotzdem.«
Schalte das Handy aus. Aber behalte die Nummer.

Am Wochenende fahre ich nach Byxelkrok. Mama hat Dienst und Papa ist auch die meiste Zeit nicht da, niemand weiß, was er treibt. Mini-Felix und ich gehen zum Ufer, suchen flache Steine und lassen sie übers Wasser hüpfen. Felix' Steine hüpfen fünf oder sechs Mal, meine nie öfter als drei Mal.

»Ich will auch in der Stadt wohnen«, sagt er.

»Das darfst du ja auch, in einem halben Jahr ist es so weit.«

»Du hast keine Ahnung, wie es ist. Sie reden kaum miteinander.«

»Das geht bestimmt bald vorbei«, sage ich.

Felix hebt einen großen, eckigen Stein auf, wiegt ihn in der Hand, holt aus und wirft ihn so weit, dass wir das Aufklatschen auf dem Wasser nicht hören.

»Mir ist kalt«, sagt er dann. »Kommst du mit nach Hause?«

Ich sage, ich wolle noch ein bisschen spazieren gehen, da zuckt er die Schultern und geht zur Straße hinauf. Ich bleibe stehen. Ich sollte lieber damit aufhören, Dinge zu behaupten, an die ich nicht glaube. Ich sollte eine bessere Schwester und Tochter und Freundin sein. Ein besserer Mensch.

Sein Auto steht im Hof, in der Küche ist Licht. Ich bin schnell gelaufen, um es mir nicht mehr anders überlegen zu können. Hätte dringend kurz neben der Treppe stehen bleiben müssen, um Atem zu holen und meine Sätze noch einmal zu formulieren, aber die Außenbeleuchtung geht automatisch an und da öffnet er sofort die Tür und starrt mich an.

»Was soll der Scheiß?«, sagt Kalle.
»Es tut mir leid«, sage ich.
»Ich hab dir nichts zu sagen.«
»Das verstehe ich. Ich wollte nur sagen, dass es mir leidtut.«
»Und das hast du jetzt gesagt.« Damit schließt er die Tür.

Emma, Tor und ich fahren nach Växjö, um Ballkleider für Emma zu besichtigen. Ihr eigenes Kleid will sie natürlich selbst nähen, braucht aber Inspiration.
»Außerdem können wir dabei Roadtrip spielen.«
»Ich denk an *Thelma und Louise*«, sagt Tor. »Ich bin Brad Pitt.«
»Du siehst ihm echt total ähnlich«, sagt Emma.
»Ja, ich sag immer, ich sei sein unehelicher Sohn. Eine geheime Jugendsünde.«
Ich schließe die Augen und stelle mir vor, es wäre wahr. Wir wären irgendwohin unterwegs, weit weg, nur Emma und Tor und ich, forever and ever.
»Nächstes Jahr bewerbe ich mich in Umeå«, sagt Emma plötzlich.
»Was? Warum das denn?«
»Für Architektur. Und weil Martin dort auch sein Lehramtsstudium machen kann.«
»Aber das ist ja arschig weit weg«, sagt Tor.
Eigentlich sollte das kein Schock für mich sein. Ist doch klar, dass Emma nach dem Abi ein Studium anfängt und im Herbst wegzieht. Aber trotzdem. Ich hab immer gedacht, sie wartet ein Jahr und bleibt in der Stadt, bis ich sie eingeholt hab, und dann ziehen wir zusammen weg, irgendwohin.
»Aber bis dahin ist es ja noch ein halbes Jahr«, wende ich ein.
»In einem halben Jahr kann man sich noch x-mal ändern.«
»Ja, vielleicht schon«, sagt Emma.

Ich warte bei den Spinden auf Tor. Er holt seine Tasche heraus und schließt die Noten ein.
»Wie läuft's?«, frage ich.
»Inzwischen kann ich fast die ganze zweite Stimme von ›O du fröhliche‹.«
»Ich meine mit den Mädels.«
»Eher ambivalent.«

Draußen vor der Schule steht John. Ich gebe vor, ihn nicht zu sehen, und gehe in die andere Richtung, doch da ruft er so laut hinter mir her, dass alle sich umdrehen und mich anstarren.
»Wie geht's dir?«, fragt er.
»So, wie ich es verdient hab.«
»Also gut.«
Ich lache nicht.
»Mir geht's inzwischen besser als seit langem«, sagt er, obwohl ich ihn nicht gefragt habe.
Ich sage nichts.
»Darf ich dich nach Hause fahren?«
»Hab das Rad dabei.«
»Hab eine Fahrradhalterung dabei.«
Unterwegs schweigen wir. Er findet eine Parklücke in meiner Straße und stellt den Motor ab. Glaubt er wirklich, dass ich ihn zu mir einladen werde?
»Du hast bestimmt schon gehört, dass es mit Jonna aus ist?«

Ich nicke.
»Ich hab an dich gedacht. Daran, wie falsch alles gelaufen ist.«
»Ist schon okay.«
»Ich meine es wirklich. Bin ein Idiot gewesen.«
Ich öffne den Gurt und mache die Tür auf. Denke, ich muss hier raus, jetzt jetzt jetzt raus aus diesem Auto, raus aus dieser Situation, koste es, was es wolle.
»Bin mit Emma verabredet«, sage ich. »Hab mich schon verspätet.«
Dann schlage ich die Wagentür unnötig fest zu und fummle an meinem Fahrrad herum, an dem das Pedal natürlich festgeklemmt ist. John kommt um das Auto herum, schiebt meine Hände weg und hebt das Fahrrad beim ersten Versuch wie nichts herunter. Ich bedanke mich nicht.

Als ich fast schon draußen auf Svinö bin, ruft Emma an.
»Wo bist du? Ich warte doch.«
»Was?«
»Ja, hab gehört, dass wir verabredet waren.«
Klar. Ich begreife nicht, wie ich so dumm sein konnte und Emma als Ausrede zu benützen.
»John ist zu Martin gekommen. Er war total erledigt, weil du dich so saumäßig benommen hast.«
Mir fällt nichts dazu ein.
»Ich warte bei dir. Dann hab wenigstens ich nicht gelogen«, sagt sie.
Ich drehe um und radle zurück. Emma ist immer noch stinksauer, und als ich tut-mir-leid und das-war-doch-halb-so-wild sage, wird sie fuchsteufelswild.

»Du bist so verdammt egoistisch«, fährt sie mich an. »Das halt ich nicht mehr aus!«
»Dann scheiß doch drauf!«, fauche ich. »Du machst sowieso alles bloß noch schlimmer.«
»Wenn ich nicht wäre, hättest du überhaupt niemanden. Scheißzicke!«
Unser Geschrei hallt gegen die Wände des Treppenhauses, jede Beschimpfung wird verdoppelt und ich kann einfach nicht aufhören.

Ich glaube tatsächlich, dass ich sie hasse.
Wäre Emma nicht gewesen, wäre nichts von alldem passiert. Wenn Emma mit ihrer bescheuerten Operation Vogelkacke nicht gewesen wäre, hätte ich noch eine Zeit lang geheult und dann wäre die Sache mit John ausgestanden gewesen. Wenn Emma nicht diesen Quatsch mit der Eifersucht angebracht hätte, hätte ich nie mit Danijel geschlafen oder auch nur einen Blick für Kalle übriggehabt. Wenn Emma nicht gewesen wäre, dann wäre jetzt alles gut.
Nichts von alldem wäre je passiert, wenn sie eine richtige Freundin gewesen wäre.

»Worüber habt ihr euch gestritten?«, fragt Tor.
»Über mich.«
»Ja, kommt mir logisch vor.«

Emma hat mich Hure genannt. Sie schrie, ich sei nuttig und sie könne gut verstehen, warum niemand mich wirklich haben will.
Vermutlich hat sie Recht.

Die halbe Klasse hat Chorprobe anstatt Kunst, aber Tor ist dageblieben.

»Hab's aufgegeben«, sagt er. »Ist sowieso sinnlos.«

»Was denn?«

»Also, es gibt zwei Sorten von Menschen. Die eine beherrscht das binäre Zahlensystem und die andere darf rumpoppen. Ich gehör zur ersten.«

»Aber ich beherrsche das binäre Zahlensystem und darf trotzdem rumpoppen.«

»Fuck aber auch, und dabei hab ich geglaubt, endlich der entscheidenden Logik auf die Spur gekommen zu sein.«

Im Kunstunterricht muss jeder einen Zettel aus einer alten Dose ziehen. Auf meinem steht *Flüssigkeit*.

»Was soll das denn für ein beschissenes Thema sein?«

»Mann, halt die Klappe«, sagt Tor.

Auf seinem Zettel steht *Paradies*.

»Wahlfreie Gestaltungsform, Abgabe in zwei Wochen. Bitte sehr, ihr könnt gleich anfangen.«

Wir gehen zu mir nach Hause, googeln Bilder zu »Paradies«, doch die zeigen alle nur Sandstrände mit Palmen im Gegenlicht. Ich schlage vor, er soll eine Parodie machen und einen herbstlichen Strand in Byxelkrok fotografieren.

»Scheißprojekt«, sagt Tor. »Und was machst du?«

»Null Ahnung.«

»Typisch. Am besten, wir machen das restliche Schuljahr blau.«

Ich bin bei Jenni. Hab sie zufällig vor dem Einkaufszentrum Kvasten getroffen, sie hatte zwei Flaschen Wein in einer lila Plastiktüte dabei und ich sagte ihr ganz ehrlich, dass ich sie hasse, da hat sie nur geantwortet: »Du auch?« Und jetzt sitze ich hier und meine Lippen prickeln so schön vom Wein, und Jenni ist echt urkomisch und hat schon so viel erlebt, und ich lache, bis ich mir den Bauch halten muss, und dann trinken wir noch etwas und dann reden wir über Sex, und als ich von Danijel erzähle und von all den Dingen, die er mit mir gemacht hat, sagt sie »Glückwunsch« und ich bin kein bisschen verlegen.

Ich hab eine Schramme auf der Nase. Als ich heute Morgen aufgewacht bin, war sie einfach da, und zuerst hab ich mich über mich selbst aufgeregt, weil ich mich offenbar im Schlaf mit dem Fingernagel verletzt hab. So was total Sinnloses. Aber inzwischen ist mir eingefallen, wie es wirklich passiert ist. Wie ich gestern nach Hause gekommen bin und wie schlecht es mir war und wie ich mich im Bad auf den Boden gesetzt und vor der Toilette gewürgt hab, ohne dass etwas kam. Schaffte es nicht aufzustehen und bin fast eingeschlafen, und da ist der Klodeckel runtergefallen und hat mir die Nase aufgeschrammt. Also hab ich eine Klodeckelschramme auf der Nase. Die ultimative Demütigung.

Tor lacht auf der ganzen Fahrt nach Borgholm, nachdem ich die Schramme erklärt hab. Ich stell mich schlafend. Heute Abend ist Dorffest und ich hab versprochen nach Hause zu kommen, um beim Bedienen auszuhelfen. Tor ist für die Beleuchtung zuständig. Keiner von uns hat eigentlich Bock auf so was, aber Tradition ist nun mal Tradition, und was man muss, das muss man.

Mama kommt mir schon im Flur entgegen und sagt, ich hätte ihr gefehlt.

»Geht es dir gut?«

»Ein bisschen viel Stress in der Schule, sonst nichts.«

»Und was ist mit John?«

Ich frage sie, ob sie an Gedächtnisschwund leide. Sage, dass ich keine Ahnung habe, wie es John geht, und dass mir das so was von egal ist. Papa steht am Herd, sagt »endlich«, und als er mich umarmen will, spritzt er Tomatensoße durch die ganze Küche. Mama seufzt und ich tue so, als würde ich es nicht hören. Dann geht sie ins Wohnzimmer und stellt den Fernseher an.

»Er hat neulich angerufen«, sagt Papa, dann wendet er sich wieder den Kochtöpfen zu. Ich verstehe nicht, wie das funktioniert, wie Mama und Papa ihre jeweiligen Gespräche fortsetzen und beenden können, als wären sie ein und dieselbe Person.

»Hier?«

»Ja, das macht er ab und zu.«

»Was? Ruft John hier an?«

»Ja, ist doch nicht so erstaunlich, oder? Er war ja jahrelang fast so was wie ein Extra-Sohn.«

»Und ob das erstaunlich ist! Er macht ganz brutal mit mir Schluss und ihr bleibt hinter meinem Rücken weiterhin mit ihm im Kontakt!«

Papa dreht sich um, runzelt die Stirn und hebt die Stimme.

»So ist es ganz und gar nicht. Wir tun nichts hinter deinem Rücken. Er ruft nur manchmal an, um ein bisschen zu reden. Das ist alles.«

»Und worüber redet ihr dann?«

»Über alles Mögliche, die Schule, was hier alles los ist, über Felix, über Johns Mutter und Martin. Über dich.«

»Über mich? Wie kannst du mit meinem Ex über mich reden?«

»Du brauchst überhaupt nicht zu schreien«, fährt er mich an. »Ich mache mir nur manchmal Sorgen um dich. Und ehrlich gesagt scheint John auch besorgt zu sein. Wie geht es dir eigentlich?«

»Mir ging es super, bis du angefangen hast mit irgendwelchen Idioten über mein Privatleben zu sprechen!«

Ich renne in mein Zimmer, schlage die Tür hinter mir zu. Kann es nicht fassen, dass sie mit John Kontakt haben. Für wen hält John sich eigentlich, zum Teufel noch mal! Was für ein Recht hat er, mit Papa über mich zu reden?

Nach ungefähr fünf Minuten klopft es an die Tür.

»Bleib draußen«, knurre ich.

Worauf Papa natürlich hereinkommt.

»Werd jetzt bitte nicht böse, aber das, was ich zu hören kriege, macht mir Sorgen. Du musst auf dich aufpassen.«

»Ich hab keine Ahnung, was du glaubst gehört zu haben. Aber du solltest vielleicht lieber mich fragen, anstatt auf diesen Scheißwichser zu hören.«

Papa schreit zurück, ich sei verwöhnt und dramatisiere alles, ich müsse endlich lernen auch an andere zu denken. Dann starren wir uns schweigend an. Schließlich gibt er auf, setzt sich auf die Bettkante und sieht ans Fenster.

»Aber du antwortest ja nie, wenn man dich anruft«, sagt er. »Und ich verstehe natürlich, dass du auf John sauer bist. Aber auch wenn du das jetzt nicht einsiehst, ist er doch ein feiner Kerl.«

Ich explodiere.

»Ein feiner Kerl? Was weißt du schon? Glaubst du, er erzählt dir alles? Ist es so? Erzählt er alles? Von dem Abend zum Beispiel, als er besoffen und geil war und fand, ich sei gerade recht, und mich gefickt hat und dann einfach abgehauen ist? Hat er dir das erzählt, dein feiner Kerl?«

Ich stürze in den Flur hinaus, während Papa sitzen bleibt. Fahre in meine Jacke und Schuhe, werfe mir den Rucksack über die Schultern und schnappe mir eine Flasche Whisky aus einer der Kisten, die zum Fest hinunter sollen. Dann knalle ich die Tür zu, ohne mich zu verabschieden.

Ich schicke Tor eine SMS, dass etwas dazwischengekommen ist und wir uns am Montag sehen. Im Bus setze ich mich ganz hinten hin, öffne den Whisky und trinke geduckt hinter dem Vordersitz, damit niemand es sieht. Ich benehme mich wie ein Alki. Es ist, als würde ich Feuer trinken, aber ich kneife die Augen zu und schlucke. Schicke eine SMS an Jenni, aber als ich ankomme, hat sie noch nicht geantwortet. Bin zu betrunken, um daheimbleiben zu können, also stelle ich nur meinen Rucksack ab und gehe zum Kleinen Pub. Stehe in der Bar herum und tu so, als würde ich auf meine Freunde warten, tippe ein bisschen auf meinem Handy herum und werfe allen Männern unter dreißig lächelnde Blicke zu. Bald habe ich einen Drink in der Hand und einen Mattias an meiner Seite. Er hat dicke schwarze Augenbrauen über blaugrauen Augen.

»Kommen deine Freunde noch oder möchtest du noch einen Drink?«, fragt er schließlich, worauf ich antworte, ich müsse die Zeit oder den Ort oder den Tag oder die Stadt missverstanden haben.

»Also danke, gerne noch einen Drink.«

»Keine besonders tollen Freunde, die du da hast.«
»Vielleicht hab ich dieses Detail auch missverstanden«, sage ich und streiche mir die Haare hinters Ohr.
»Und, hast du keinen Freund?«
Ich schüttle den Kopf und lächle noch breiter.
»Skandal«, sagt er. »Wenn man so hübsch ist wie du.«
»Gar kein Skandal«, sage ich und lege ihm die Hand auf den Schenkel.
Er fragt, ob er mit zu mir kommen kann, aber wenn ich nur an die Wohnung denke, krieg ich Zustände, darum ziehe ich ihn hinter mir her zum Wasserturm hinauf. Dort setze ich ihn auf eine Bank und mich selbst rittlings auf ihn.
Hinterher fragt er, ob wir uns wieder treffen könnten, ich sage Ja und gebe ihm Emmas Nummer.

Als ich aufwache, muss ich daran denken, dass Kotze im Treppenhaus lag, als ich heute Nacht nach Hause kam. Wenigstens glaube ich, dass es Kotze war, es hat zwar nicht gestunken, sah aber sehr gekotzt aus. Überlege kurz, ob ich es wegwischen soll, doch dann würden alle bloß glauben, ich wär das gewesen. Und ich bin mir sicher, dass das nicht von mir stammt.
Bin so damit beschäftigt, an diese Kotze zu denken, dass ich mindestens zehn Minuten wach gelegen habe, bevor mir alles wieder einfällt. Die Schramme auf der Nase, Papa, der Whisky, die Parkbank. Und dann weine ich.
Schließlich stehe ich auf, schnäuze mich, trinke ein Glas Wasser und sage laut vor mich hin: »Hallo, hier ist Olivia«, um meine Stimme zu testen, bevor ich anrufe. Hab beschlossen zu verzeihen und vielleicht, vielleicht um Verzeihung zu bitten.
Aber alles geht schief. Bereits als ich die »Wie geht es dir«-Frage mit »gut« beantworte, erhalte ich ein anklagendes »Du weißt doch, dass du mit mir über alles reden kannst« zurück.
»Oder vielleicht kannst du ja mit John über alles reden!«
»So ist es gar nicht«, sagt Papa.
Ich lege auf, ertrage es nicht, noch mehr Lügen zu hören. Ziehe mich an, ohne vorher zu duschen, nehme die Kamera und geh raus. Die Kotze liegt noch da.

Ich sollte mit dem Trinken aufhören. Aber ich brauche diese anderen Körper, ich brauche sie so sehr, dass es wehtut. Und ohne den Rausch würde ich es nie wagen, ohne den Rausch weiß ich nicht, wie man so was macht.

Tor ist echt gut, er sagt das-wird-schon-wieder und andere liebe Sachen, aber jetzt würde ich wirklich gern vor allem mit Emma über alles reden. Ich will umarmt und getröstet werden und alles soll mir verziehen werden. Die Emma-Umarmungen sind vorbei, genau wie die Papa-Umarmungen, die John-Umarmungen, die Danijel-Umarmungen – alles vorbei. Ich sorge dafür, dass jeder, den ich gernhab, mich allmählich hasst.

»Ich hasse dich nicht«, sagt Tor.

»Noch nicht.«

»Niemals.«

Mama ruft an und bittet mich nach Hause zu kommen, es sei wichtig.
»Weiß nicht, ob ich Zeit hab.«
»Bitte, Olivia.«
»Hab gerade so viel um die Ohren.«
Dann sagt sie, ich wisse doch, wie Papa sei, da müsse ich ihm verzeihen.
»Bald ist ja Weihnachten«, sage ich. »Und an Weihnachten komm ich eh nach Hause.«

Wir sind im Bistro. Ich weiß nicht mehr genau, wer alles. Tor, natürlich. Und Jenni. Vielleicht Abbas und Danijel. Vielleicht sogar Emma und Martin. Jedenfalls rede ich nicht mit ihnen, mit keinem von ihnen. Trinke Wein, Weißwein in großen, kalten Schlucken. Und dann tanzen wir, alle tanzen. Dampfende Leiber im Takt mit blinkenden Lichtern und bewusst nicht im Takt miteinander. Ich hebe die Arme über den Kopf, schwinge die Hüften. Hände auf meiner Taille, warme Finger an meinem Schenkel. Glückliches Lachen in meiner Kehle.
John steht an der Bar, es gefällt mir, dass er meine Schritte mit Blicken verfolgt und trotz des Gedränges jedes einzelne meiner Lächeln registriert.

Und seine Wangen fühlen sich unter meinen Fingerspitzen schön rau an, und als ich den Fingern mit den Lippen folge, genieße ich jeden noch so kleinen brennenden Kratzer. Seine Zunge an meinen Zähnen, seine Finger fest um meine Brustwarzen geschlossen.
Er schiebt mir den Rock über den Bauch hoch, zieht die Strumpfhose bis zu den Knöcheln runter und presst den Slip zur Seite. Und dann ist es mein John, genau so, wie ich ihn in Erinnerung habe. Nur ganz anders. Es ist John und das hier ist alles, was ich je gewollt habe.
Ich komme.
Hinterher, während meine nackte Haut immer noch schweiß-

nass an dem goldgerahmten wandhohen Spiegel klebt, befingert er das goldene Herz in meiner Halsgrube und sagt, ich sei so schön. Ich befreie mich. Ziehe die Strumpfhose hoch und zupfe den Rock zurecht. Bedanke mich. Vergewissere mich nicht, ob er fertig ist, bevor ich aufschließe und rausgehe.

Papa mochte es nicht, dass John so oft bei mir wohnte, er sagte, ich sei zu jung, um mich zu binden. Wenn ich älter sei, würde ich es bereuen. Ich sagte, da irre er sich, und schrie, er habe nicht über mich zu bestimmen.

»Nein«, sagte er. »Das tust du wohl selbst.«

»Ja, das tue ich«, sagte ich.

John fängt mich auf der Tanzfläche ein, starke Arme um meine Hüften und ein geflüstertes Flehen in meinem Ohr.
»Ich liebe dich doch.«
Mir ist übel. Bücke mich so schnell vornüber, dass er mich loslassen muss. Unterdrücke das Würgen und richte mich langsam wieder auf, drehe mich um und hebe die Hand. Während ich mein Haar im Nacken zur Seite ziehe, begegne ich seinem Blick. Tastend finde ich den Verschluss. Ich öffne ihn und sammle die Kette in meiner Hand.
»Mit Dank zurück«, sage ich.

Ich wache früh auf und denke an John. Schließe die Augen und genieße seinen hungrigen Blick, lasse mich von der Hitze durchströmen. Super, dass er nicht Nein sagen konnte! Das gestrige Vollsein ist nur noch eine klebrige Erinnerung, hab weder Angstzustände noch Kopfschmerzen, mir ist nicht mal schlecht.

Gleich nach dem Aufstehen laufe ich zu Ekelunds und kaufe frische Brötchen. Pia sitzt in der Küche, trinkt Kaffee und liest die Zeitung, sagt Guten Morgen und stellt Käse und Marmelade auf den Tisch. Fragt kein einziges Mal, warum ich plötzlich mit Brötchen ankomme. Bis Tor endlich aufwacht, habe ich die ganze Sonntagsbeilage durchgelesen.

»Echt gut, dass du nichts bereust«, bemerkt er.

»Ja, find ich auch«, sage ich, streiche mit dem Finger von der Halsgrube zum Schlüsselbein und bin froh dort nichts als Haut zu fühlen.

Mama wartet im Treppenhaus, da begreife ich sofort, dass irgendwas nicht stimmt. Wahrscheinlich ist es jetzt wirklich passiert.

»Ich hab eine Wohnung in Borgholm gemietet«, sagt sie. »Vorerst mal. Dann sehen wir weiter.«

»Gut«, sage ich.

»Gut? Hab gedacht, du wirst traurig.«

Ich zucke die Schultern, sage, das ginge mich nichts an. Frage nach Felix.

»Er ist bei Papa geblieben. Ich kann Papa schließlich nicht ganz alleine zurücklassen.«
»Gut«, sage ich.

Es ist gar nicht so schlimm, wie ich immer befürchtet habe, vielmehr fühlt es sich ziemlich unwichtig an. Immerhin wohne ich ja nicht mehr zu Hause und Felix wird nächstes Jahr ausziehen. Mama kommt garantiert zurecht, sie kann in die Stadt ziehen und von vorne anfangen.
Aber Papa. Ich muss immerzu an Papa denken. Er wird daran zerbrechen.

»Bist du etwa auf dem Bistro-Klo von John gefickt worden?«
Geschockt schreit Jenni die Frage geradeheraus und mir kommt es vor, als würde das ganze KM sie hören. Der Stolz, den ich vorhin noch empfunden hab, der mich fast hätte antworten lassen »Er ist eher von mir gefickt worden«, dieser Stolz löst sich sofort in Luft auf. Alles, was ich weiß, ist, dass alle Augen hierherschauen und alles Geflüster von uns handelt. »Da drüben sitzen sie«, flüstern sie. »Die Schlampen. Die Nutten. Die schlafen mit jedem. Jederzeit. Hey, hast du gerade Lust?«
Jenni merkt nichts, sie labert weiter über John, nennt ihn »Vollschwuchtel« und fragt, wie das passiert sei und wie er so was wagen konnte.
»Ich weiß nicht«, antworte ich. »Aber ich muss jetzt los.«

John will mich treffen, er hat mir eine lange Nachricht aufs Handy gesprochen und sagt, es sei wichtig. Zuerst versuche ich mir einzureden, ich hätte das Handy verlegt und könne nicht antworten. Doch schnell wird mir klar, dass er sonst natürlich Papa anrufen wird, und dann gibt es Probleme.
Simse »Nicht jetzt. Lass mich in Ruhe«.
Er ruft mich sofort an, aber ich lege auf.

Mama ruft täglich an und will wissen, wie es mir geht. Ich frage nach Papa. Sie behauptet, er komme zurecht.
»Gut«, sage ich und dann haben wir uns nichts mehr zu sagen.

Ab und zu rufe ich Papa an. Er klingt immer irgendwie verpennt, im Hintergrund läuft der Fernseher.
»Du und ich, wir sind hart im Nehmen«, sage ich.
Hoffe, dass er zustimmt oder wenigstens ein bisschen lacht. Aber er sagt gar nichts. Wenn ich nach Felix frage, ist der immer gerade nicht da.
Ich erzähle es keinem, nicht einmal Tor. Irgendwann wird er es natürlich erfahren, dann können wir darüber reden. Nicht dass es etwas darüber zu sagen gäbe. Papa ist verrückt und jetzt ist er auch noch allein. Das hat nichts mit mir zu tun. Nicht jetzt.

Ich trage grauen Lidschatten auf und extra viel Kajal. Wähle das neueste Emma-Kleid, schwarz mit dünnen Silberfäden und grenzwertig kurz. Weiß nicht, ob man dazu schwarze oder graue Strümpfe trägt, und hasse es, Emma nicht fragen zu können.

»Ich hab mir noch nie Sex mit jemandem aus der Klasse vorgestellt«, sagt Danijel.
Ich schaue mich um, ein paar kichern und nippen schüchtern an ihren Gläsern. Danijel kippt das halbe Glas in sich hinein und rülpst zufrieden, ich suche seinen Blick, als ich trinke. Er soll zeigen, dass ich diejenige bin, an die er denkt.
»Ich hab noch nie Sex im Freien gehabt«, sagt Tor und wieder trinke ich.
Die ganze Klasse ist hier, manche »weigern sich bei so einem kindischen Spiel mitzumachen«, aber alle hören zu, registrieren aufmerksam, wer wann trinkt. Inzwischen juckt mich das nicht mehr. Alle reden ja ohnehin schon über mich.
»Ich hab noch nie mit jemandem aus der Klasse gevögelt«, sagt Abbas und ich trinke.
»Ich hab noch nie auf einem Küchentisch Sex gehabt.«
Ich trinke.
»Ich hab noch nie auf einer Parkbank Sex gehabt.«
Ich trinke.
»Ich hab noch nie Analverkehr gehabt.«
Ich trinke, weil ich schon mal dabei bin.

Ich wache als Erste von allen auf. Danijel und ich liegen auf einer harten Cordsamtcouch. Ich bin nackt. Danijels Hände liegen auf meinen Brüsten, ein Bein hat er über meine Schenkel gestreckt. Die Decke ist nach oben geglitten. Ich schwitze und friere gleichzeitig. Versuche die Augen zu schließen und die Wirklichkeit wegzuzwingen, sehe aber nur Bilder von gestern. Das »Ich hab noch nie …«-Spiel, das irgendwann in aufgeheizte Herausforderungen überging. Selbst gebrannter Schnaps in der Küche. Abbas' Zunge an meinen Zähnen. Danijels anfeuerndes Lachen. Irgendwelche Hände auf meinen Hüften. Ich rittlings auf Danijel auf der Couch.
Jetzt entferne ich seine Hände eine nach der anderen und befreie mich von seinem Bein. Stehe auf, ducke mich und versuche mich mit den Händen zu bedecken, obwohl alle schlafen. Finde unter Danijels Füßen BH und Strumpfhose, mein Kleid unterm Tisch, aber keinen Slip. Ziehe mir die Jacke über und gehe hinaus.
Wir hatten schon ziemlich geladen, als wir gestern hierherradelten, und jetzt bin ich mir nicht sicher, welcher Weg in die Stadt führt. Müsste Tor wecken und ihn fragen, hab aber keine Lust, mich von ihm dazu überreden zu lassen, auf ihn zu warten. Also wähle ich den mittleren Weg, den Waldweg, der bergab führt. Trete hart in die Pedale, fahre so schnell, dass ich eigentlich stürzen müsste, denke aber, scheiß drauf, bis der Weg eben wird und ich spüre, wie sich alles in meinem verkaterten Schädel zu drehen beginnt. Bremse und

schiebe das Fahrrad. Übergebe mich an einer Kiefer. Gehe noch ein Stück und überlege, ob ich mich wenigstens bei Tor melden und sagen sollte, dass ich okay bin, scheine aber mein Handy vergessen zu haben. Versuche wieder aufs Fahrrad zu steigen, muss aber anhalten und mich noch einmal übergeben. Gehe weiter und komme schließlich auf einen großen Parkplatz, dahinter sehe ich Wasser und einen trübseligen Badesteg. Hab keine Ahnung, wo ich bin.

»Das war doch nicht so schlimm«, sagt Tor.
Wir sitzen auf dem Sofa, er hat mir meine Tasche, das Handy und die Strickjacke gebracht. Keinen Slip, will mir lieber nicht vorstellen, wer den an sich genommen haben könnte. Wir haben Makkaroni mit Ketchup gegessen und einen Liter Milch geteilt. Ich saß mindestens eine Stunde auf diesem Steg, bis ein Mann herkam und fragte, ob alles in Ordnung sei. Ich antwortete: »Alles bestens, aber wenn Sie mir bitte den Weg in die Stadt erklären würden.« Er hatte einen Fahrradständer am Auto und brachte mich bis nach Fredrikskans. Ich hatte Glück, er war freundlich und überhaupt kein Vergewaltiger.
»Alle anderen waren auch sternhagelvoll«, fährt Tor fort. »Und fast alle haben rumgemacht.«
»Aber vielleicht nicht mit der halben Klasse.«
»Das hat doch zum Spiel gehört.«
Ich hasse diese tastende Leere im Kopf, dieses Gefühl, mich nicht zu erinnern, würde am liebsten fragen, fürchte mich aber viel zu sehr vor den Antworten.

In der Schule weichen wir einander aus. In den ersten Tagen gab es eine Menge Scheiße-Mann-waren-wir-besoffen-hö-hö-Gelaber und Stimmen, die verstummten, wenn ich in die Nähe kam, doch das legte sich mit der Zeit. Ich halte mich an Tor. Danijel macht offensichtliche Umwege, um mich nicht mit seinen üblichen Späßchen anreden zu müssen. Abbas folgt ihm wie ein Hund.

Ist mir recht. Ich will meine Ruhe, hab nichts mehr zu sagen.

Ein Mal haben sie sich gestritten, daran kann ich mich erinnern. Ein einziges Mal. Ich war noch klein und wachte auf, weil Mama weinte.

»Begreifst du denn nicht, dass ich mir Sorgen mache?«, sagte sie.

Was Papa antwortete, weiß ich nicht mehr.

»Warum haben sich deine Eltern scheiden lassen?«

»Mein Vater hatte eine andere«, sagt Tor. »Eine aus Stockholm, glaube ich.«

»War es schlimm?«

»Nicht besonders. Meine Mutter ist natürlich ausgeflippt, sie haben rumgeschrien und dann ist sie abgehauen. Aber das ging alles ziemlich schnell. Und jetzt sind sie ja wieder befreundet. Warum?«

»Nur so, wollt ich bloß wissen.«

Ich arbeite fast die ganze Nacht daran. Beschneide, gebe Farben und Kontraste ein. Vergeude mindestens zehn Ausdrucke, bis ich zufrieden bin.

»Ist das von dir?«, fragt Abbas.

Ich hab die Nahaufnahme der Kotze neben seine Collage über *Gegenwart* gestellt. Die Collage ist gut, er hat einen Moment im Schulflur eingefangen. Als hätte er, direkt nachdem er die Aufgabe bekommen hatte, den Blick gehoben und ein präzises Bild von dem gemacht, was er in diesem Augenblick sah.

Aber mein Foto ist noch besser.

»Ekelhaft gut«, sagt Tor.

Ich schreibe *Flüssigkeit* in Druckbuchstaben und hänge den Zettel daneben. Als wir uns zu unseren Werken äußern sollen, sage ich, die Deutung sei dem Betrachter überlassen.

»Aber was mir daran gefällt, ist, dass es geruchlos ist.«

Die Klasse kichert. Die kapieren ja null, denke ich.

Tor und ich trinken wieder Wein. Der Wein wird mich schön und glücklich machen, sage ich mir, ich werde mich amüsieren, das ist die Hauptsache, und genau das tun wir jetzt, wir amüsieren uns tierisch gut.

Ich wache auf, weil mir etwas aus der Nase fließt, das im Mund einen Eisengeschmack zurücklässt. Fahre mit der Hand darüber und merke, dass es Nasenbluten ist. Das Kissen ist total klebrig. Halte die Nase zu und stehe auf, stütze mich an die Wand und gehe ins Bad. Krame Watte hervor und stopfe sie in die Nasenlöcher, um die Blutung zu stillen. Setze mich auf die Toilette, beuge den Kopf zurück und kneife den Nasenrücken zu. Muss an gestern denken, daran, wie Danijel mich von seinem Schoß gestoßen hat. An Abbas und wie er mich abgewimmelt hat. An irgendein anonymes Geknutsche beim Tanzen. An Tor.

Jenni meldet sich nach dem dritten Läuten.

»Hallo«, sage ich. »Ich kann nicht mehr.«

Dann bringe ich nichts mehr heraus, kann nur noch schluchzen und schniefen. Jenni sagt Okay und das-kriegen-wir-hin, ohne nachzufragen.

»Kannst du in einer Viertelstunde fertig sein?«

In weniger als fünf Minuten habe ich meinen dicken Pulli angezogen und Jeans. Trotz des Dezembernebels setze ich eine Sonnenbrille auf, dann gehe ich auf die Straße hinunter und warte.

Bin jetzt wach. Würde mich gern ausstrecken, aber der Rücksitz ist eng. Presse die Füße ans Autofenster und versuche mit den Zehen Herzen auf die beschlagene Scheibe zu malen. Jenny lässt alten Reggae laufen und singt mit, aber mit falschem Text. Es riecht leicht nach kaltem Rauch und ziemlich stark nach Abgasen, aber vor allem nach Jennis Haarspray. Hier fühle ich mich geborgen. Hab keine Ahnung, wie weit wir gefahren sind, oder auch nur, wohin wir unterwegs sind. Das spielt keine Rolle, Hauptsache, ich muss nicht mehr zurück.

»Was wolltest du eigentlich?«, fragt sie.

Ich setze mich auf und begegne ihrem Blick im Rückspiegel.

»Es muss doch einen Grund geben, warum du ausgerechnet mich angerufen hast.«

Außer dir ist niemand mehr übrig, denke ich, sage aber nichts. Dann klettere ich über die Handbremse nach vorn, lege den Sicherheitsgurt um und setze meine Sonnenbrille auf. Wir fahren an der Abzweigung zum Kernkraftwerk vorbei und mir fällt der Informationsbesuch in der Siebten ein, das nervende Sicherheitsgelaber und dass wir scheußliche Plastikdinger über die Schuhe ziehen mussten, dann aber doch nichts als eine Menge Wasserbecken zu sehen bekamen.

»Warum schläfst du mit einem Jungen nach dem anderen, obwohl sie dir alle nichts bedeuten?«, frage ich.

Jenni wirft mir einen Blick zu, ich weiche ihm aus und schaue stattdessen das Radiodisplay an und drehe die Lautstärke auf. »Take my hand, Take my whole life too, For I can't help falling in love with you.« Scheißsentimentaler Kitsch.

Plötzlich kommt uns beim Überholen ein Wagen entgegen, Jenny bremst heftig und ich erschrecke so sehr, dass ich mir auf die Zunge beiße. Kneife die Augen zu, um die Tränen zurückzuhalten. Sie flucht über das andere Auto, schaltet die

Musik aus und flucht noch mehr, aber jetzt an mich gewandt.
»Du hast einfach eine Scheißangst davor, so zu werden wie ich, stimmt's?«
Ich hab immer noch die Augen geschlossen.
»Eine ekelhafte Schlampe, eine, die immer alles mitmacht. Dass sie dich billige Hure nennen werden, davor hast du am meisten Schiss, oder?«
»All das bin ich ja schon.«
»Hör auf. Ich bin nichts von alledem. Warum solltest du das dann sein?«
Ich öffne die Augen und sehe sie an. Sie erwidert meinen Blick und sie scheint es tatsächlich nicht gehört zu haben, sie weiß tatsächlich nicht, worum es geht. Also drehe ich mich wieder um, hefte den Blick an die Straßenränder und gestehe.
»Gestern hab ich versucht Tor dazu zu bringen, mit mir zu schlafen.«
Ich muss an Emma denken, daran, wie sie mich gewarnt hat und gesagt hat, ich müsse aufhören. An ihren Ekel.
»Das alles ist so oberbescheuert. Ich hasse dieses ganze Herumgemache, aber gleichzeitig will ich es auch so sehr. Und ich hasse das beschissene Gelästere über mich und mich selbst hasse ich auch, weil ich so bin, wie ich bin.«
»Bist echt ein kleiner Psycho«, sagt Jenni, fährt in eine Parklücke, hält an und stellt den Motor ab. Dann sagt sie nichts mehr, ich bin auch still. Wir sitzen einfach so da, während die Scheiben immer mehr beschlagen. Meine Füße werden kalt, ich müsste meine Schuhe wieder anziehen, aber es ist mir zu

anstrengend, mich nach hinten über den Rücksitz zu strecken. Ich denke nichts und merke erst, dass ich weine, als sie mir ein Taschentuch reicht.

»Es geht nur darum, das zu tun, was man selbst wirklich will«, sagt sie.

»Ich will nach Hause«, sage ich. »Nach Byxelkrok.«

Sie nickt, lässt den Motor an und fährt wieder auf die Straße hinaus.

»Dann kümmern wir uns mal darum.«

Ich weiß nicht, mit wem Jenni geredet oder wen sie womit bestochen hat, jedenfalls sitze ich jetzt in einem Boot, unterwegs nach Hause. Es riecht nach Meer und Fisch, ist fast windstill und der Bootsmotor klopft ruhig und zuverlässig. Der Fischer heißt Andersson, spricht Dialekt und kennt Papa.

»Die Tochter vom Ljunggren«, sagt er. »Das sieht man.«

Ich nicke, es gefällt mir, dass ich Papa ähnlich sehe. Andersson schenkt mir Kaffee ein und ich wärme mir die Hände an der Plastiktasse.

Felix sagt, ich müsse raus an die frische Luft. Gestern hat er das mehrmals wiederholt und dann heute Morgen noch einmal, bevor er zur Schule loszog.
»Bei dem schönen Wetter!«, sagte er mit Papas Stimme.
»Wenn ihr euch unbedingt streiten müsst, dann seht zu, dass ihr rauskommt an die Luft!«, ahmte ich Papa ebenfalls nach und da lächelte er kurz.
Wenigstens schlafe ich nicht mehr den ganzen Tag, hab sogar das Fenster geöffnet. Überlege mir, dass es schon komisch ist, dass alle anderen wissen, was ich alles so muss. Mama sagt, ich müsse zur Schule zurück. John sagt, ich müsse mit ihm reden.
Jenni sagt, ich müsse mich entscheiden. Mich entscheiden, was ich wolle und was ich tun und wer ich sein wolle.
»Eine richtige Person, oder jemand, der sich nur anpasst?«
Wenn ich wüsste, wie man die Worte ausspricht, würde ich antworten, dass ich gar nichts muss. Aber stattdessen sitze ich in meinem alten Kinderzimmer auf dem Fußboden, blättere in alten Fotoalben und schaue Bilder von früher an. Sorgfältig arrangierte Hier-war-ich-Posen und künstlerische Naturnahaufnahmen. Und immer wieder John, John, den Arm um meine Schultern gelegt und den Blick selbstsicher in die Kamera gerichtet, ich daneben, stolz zu ihm hinaufschielend, zu dieser Bestätigung meiner selbst. Von diesen Aufnahmen habe ich immer Abzüge gemacht und sie gerahmt. Jetzt wird mir leicht übel.

Das einzige Foto, das mir immer noch gefällt, ist eigentlich das schlechteste und eins der letzten. Dass wir es sind, kann man nicht darauf erkennen, man sieht nur, dass wir lachen. Das Licht ist warm orangerot, ich glaube, es ist in der Scheune aufgenommen, und wir tanzen. Auf dem ganzen Bild ist nichts Eckiges, nur zwei glücklich verschwommene Gestalten lassen sich erahnen.
Vom Danach gibt es keine Bilder und das stimmt mit der Wirklichkeit überein. Eine stufenweise Auslöschung ins Nichts. Alles von damals bis jetzt ist ein Loch in meiner Geschichte.
»Hast du Hunger?«
Papa steht in der Türöffnung, wir haben kaum miteinander geredet, seit ich gekommen bin. Ich hab in meinem Zimmer geschlafen und er vor dem Fernseher, zwei Zombies, die ab und zu zwischen der Küche und dem Bad aneinander vorbeigestrichen sind.
Aber jetzt steht er angezogen und frisch rasiert da und sieht mich mit entschlossenem Blick an.
»Ich mag nicht kochen, aber du musst essen, also gehen wir aus«, sagt er.
Muss und muss. Ich dusche und wasche mir die Haare, rolle mir Felixduft in die Achselhöhlen.

Wir fahren nach Löttorp in die Dorfwirtschaft. Papa bestellt Hamburger. Die Pommes sind halb roh und der Ketchup ist total überzuckert, aber in meinem ganzen Leben hab ich noch nie etwas so Gutes gegessen. Nach der halben Portion bin ich proppensatt, esse aber trotzdem meinen Teller leer

und muss die Jeans aufknöpfen, um nicht zu platzen. Papa lacht, das klingt gut.
»Bin froh, dass du gekommen bist«, sagt er.
»Stehst du's durch?«, frage ich.
»Nur, wenn du es tust.«
Dann fahren wir nach Byerum, klettern auf den Kalksteinfelsen umher und zählen Versteinerungen. Papa bleibt stehen und deutet auf den Sandstrand hinüber.
»Weißt du noch?«, fragt er. »Hier hat Mama dir das Schwimmen beigebracht.«
Ich nicke.
»Hab immer gewusst, dass sie es eines Tages nicht mehr aushält«, sagt er. »Mit mir zu leben, das ist nicht so einfach.«
»Mit mir auch nicht«, sage ich.
»Warum sagst du so etwas?«
»Ich bin wie du.«
Da packt er mich, schüttelt mich fast und sagt, das sei nicht wahr, sagt, wir seien ähnlich, aber auch verschieden. Er sei krank und ich gesund.
»Aber nicht einmal John …«
»Ach was, John. Einen langweiligeren Kerl kannst du lange suchen.«
»Ich hab geglaubt, du magst John?«
»Ich bin dein Vater. Väter mögen es, wenn ihre Töchter langweilige Jungs treffen, weil langweilige Jungs ungefährlich sind.«
Er hat Recht, denke ich. Und auch nicht. Denn John ist langweilig, aber ungefährlich ist er nicht.
Und ich denke an die fehlenden Bilder. An das Loch in der

Geschichte und daran, dass ich Löcher nicht leiden kann. Denke, eigentlich kann ich ja wählen: Entweder, ich decke das Loch zu und tue so, als wäre nichts gewesen, oder ich fahre zurück und versuche es mit etwas zu füllen, das wirklich gut ist.

»Mir war doch klar, dass du nicht wirklich mit mir schlafen wolltest«, sagt Tor.
Das ist seine neueste Lieblings-Story: Damals, als ich ihn zu verführen versuchte. Mir gefällt es, dass er darüber Witze macht, dass er es nicht ernst nimmt und sich weigert über peinliche Dinge zu schweigen.
Wir sind im Kleinen Pub. Jenni ist schon unterwegs, wir wollen Weihnachtsgeschenke austauschen und ich hab gerahmte Fotos mitgebracht. Emma kommt ebenfalls, inzwischen sind wir wieder Freunde. Es ist nicht wie vorher, das wird es vielleicht nie mehr. Aber ich habe gesagt, dass es mir leidtut, und sie hat gesagt, dass es ihr leidtut, und ich hab sie immer noch lieb.
»Ich muss aufs Klo.«
Im Mädchenklo gibt es drei Kabinen und alle drei sind besetzt, also spähe ich vorsichtig ins Jungenklo: leer an der Pissrinne und nur eine Kabine. Ich schlüpfe rein. Als ich fertig bin und spülen will, höre ich die Tür aufgehen und zwei Jungs hereinkommen.
»Echt, die ist total cool, weißt du, was sie am Freitag gesagt hat?«
»Nö, was denn?«
»Einfach ›Klar kann ich mit dir nach Hause kommen, aber ich bestimme, was läuft‹.«
»Haha, hart, oder?«
»Nein, also gar nicht auf die Art. Eher, du weißt schon, die

Selbstsicherheit. Ich hasse Tussen, die bloß dahocken und lächelnd darauf warten, dass man die ganze Show abzieht.«

»Genau, und dann müssen sie unbedingt zeigen, wie wenig es sie interessiert. Tun eins auf unschuldig und als wären sie sich für alles viel zu fein. Bloß weil man sie sexy findet, geben sie einem das Gefühl, der schlimmste Vergewaltiger zu sein.«

»Echt krank. Warum können sie nicht einfach zugeben, dass sie genauso geil sind wie wir? Hey, hallo Gleichberechtigung, wo steckst du?«

Und dann wird die Tür wieder aufgemacht und zugeschlagen und alles ist still. Ich halte die Luft an und zähle bis zwanzig, bevor ich aufschließe und wieder hinaustrete. Inzwischen sind draußen eine Menge Leute und in dem Gedränge trau ich mich den Kopf zu heben und den Blicken zu begegnen. Ich weiß nicht, was eigentlich passiert ist und warum, wie und wann, aber in mir ist etwas anders geworden. Besser, fröhlicher, eifriger. Vielleicht habe ich es nur satt, mich selbst zu bedauern. Vielleicht habe ich mich entschieden.

Mini-Felix hat gesagt, er weigere sich an Weihnachten daheim zu sein, wenn Mama nicht komme, und Mama hat gesagt, sie weigere sich zu kommen, wenn Papa da sei. Papa hat gesagt, all das gute Weihnachtsessen sei für ihn allein zu viel. Dann haben sie sich gestritten, bis sie sich auf den Versuch geeinigt haben, trotz allem doch gemeinsam zu feiern.
»Eine Luftveränderung tut immer gut«, hat Mama gesagt.
Sie kommen nach Hause. Sie kommen jetzt gleich, ich muss nur noch den Baum reintragen und mein rotes Kleid anziehen und einen Spaziergang machen. Dann kommen sie.

Wir überqueren die Eisenbahnlinie und folgen dem Kanal in meine Richtung. Unser Atem bildet Rauchwolken. John sagt alles, wonach ich mich gesehnt habe es zu hören. Er bittet mich um Verzeihung und sagt, er wolle, dass wir wieder zusammen sind, er liebe mich und keine andere sei so wie ich, keine andere genüge ihm.
Ich muss an den ersten Sommer denken, an die Tage am Strand und daran, wie stolz ich war, als er sein Handtuch neben meins legte. Ich denke, dass er immer noch der Schönste auf der Welt ist, aber dass ich nie mehr stolz auf ihn sein könnte.
»All das, was passiert ist«, sagt er. »Das hat keine Bedeutung.«
Dass er so etwas sagt, gefällt mir. Dass es keine Bedeutung hat. Die Vorstellung, dass es so sein kann, tut mir gut. Aber es ist nicht mehr John, der das bestimmt. Ich bin diejenige.
»Tut mir leid«, sage ich. »Aber so läuft das nicht.«

MUSIKNACHWEISE

Auf S. 43 singt Olivia »Schlaf, Kindlein, schlaf« leise für sich selbst.
Text: Des Knaben Wunderhorn

Auf S. 47 singt Pia zu »Dancing in the dark« von und mit Bruce Springsteen.
Columbia Records/Rondor Musikverlag GmbH

»Kumbaya« (Trad.) fasst für Tor den Sinn des Lebens zusammen (S. 55).

John und Olivia knutschen meist zu »I'll find my way home« von und mit Jon & Vangelis (S. 67).

Die Platte, die weder Olivia noch John haben wollen, ist »Värsta plattan« von Markoolio (S. 68). Olivia singt »Ingen sommar utan reggae«.
Text: Johan Fjellström, Joakim Hillson und Nicklas Ternedal
Sony BMG/Empire Music Production

Emma und Olivia tanzen zu »Natteravn« von und mit Rasmus Seebach (S. 118).
Universal Music

Olivia und ihre Mutter singen zu »Ain't no mountain high enough« (S. 168) von Marvin Gaye und Tammi Terrell; geschrieben von Nickolas Ashford und Valerie Simpson.
Jobete Music Co., Inc./EMI Songs Musikverlag

Auf S. 208 fahren Olivia und Emma im Auto und hören dabei »My best friend« von Hello Saferide. Text: Annika Norlin
Razzia Records

Der »scheißsentimentale Kitsch«, den Jenni und Olivia unterwegs hören, ist »Can't help falling in love« in der Interpretation von UB40 (S. 309). Das Original ist von George David Weiss, Hugo Peretti und Luigi Creatore.
Virgin Records

ICH DANKE

Ada Wester, weil du weißt, dass nichts unmöglich ist.

Hanna Nyström, weil du mich im Glashaus Steine werfen und mich meinen Mantel nach dem Wind hängen lässt.

Annika Goldhammer, weil du meine mutigste Freundin und ein Vorbild für mich bist.

Ulf Luvö, weil du mich immer wieder zurück auf die Erde holst und mich dazu bringst, über meine Fehler zu lachen.

Karin und David Nylander, weil ich mich in eurer großartigen Familie immer zu Hause fühle.

Elin Aarflot, Emma Gustafsson und Malin Forsberg für die lustigste Schreibwerkstatt des Jahrhunderts.

Per Leijonhufvud und allen anderen, die an mich geglaubt oder zumindest so getan haben, als ich sagte, ich würde einen Roman schreiben.

Meinen klugen Eltern Inger und Jörgen Ohlsson. Dem allerbesten großen Bruder der Welt – Henrik Ohlsson! Meiner Großmutter Karin Ohlsson, die mich immer gefragt hat, ob ich noch schriebe, es aber nicht mehr erlebt hat, dass das Buch fertig wurde.